명함도 없이
일합니다

전문직계의 아웃사이더 치과기공사 에세이

지민채 지음

명함도 없이
일합니다

전문직계의 아웃사이더 치과기공사 에세이

지민채 지음

내 자신의 일은 항상 지겨워 죽겠다.
남의 일이 더 좋다.

-오스카 와일드-

프롤로그

왼쪽의 단어와 오른쪽의 그림을 보고
관련이 있는 것끼리 선으로 이어보시오.

경찰

의사

판사

기공사

나의 출근룩은 삼선 트레이닝복이다. 아침 8시 30분, 출근룩을 입고 길을 걷는 나를 보면, 사람들은 나를 학생이나 백수로 생각할지 모른다. 하지만 나는 이래 봬도 전문직! 치과기공사다.

이렇게 말해도 '그래서, 치과기공사가 뭐 하는 사람인데?'라고 생각하는 분이 대다수일 거다. 익숙한 반응이다. 실제로 치과기공사라는 직업에 대한 사람들의 인지도는 상당히 낮다. 때문에, 누군가에게 나의 직업을 설명할 때면 꼭 다음과 같은 대화 패턴을 반복하게 된다.

상대방 : 무슨 일 하세요?

나 : 기공사예요.

상대방 : 기공사?

공장에서 기계 같은 거 다루시는 건가?

나 : (아차 싶음) 아, '치과'기공사예요.

상대방 : 치과기공사요?

아! 그럼, 그…. 치과에서 일하시는 분?

나 : 아뇨. 그건 치과위생사고요.

상대방 : (전혀 감을 잡지 못하는 표정)

치과기공사라는 직업이 생소하게 느껴지겠지만, 사실 치과기공사는 당신의 삶과 아주 밀접한 관계를 맺고 있다. 치과기공사는 치아 보철물을 제작하는 사람이다. 골드크라운, 지르코니아 크라운, 레진인레이, 라미네이트, 틀니, 임플란트, 교정장치 등 입안에 들어가는 모든 보철물이 치과기공사의 손에서 만들어진다.

책의 초반부를 읽으면 치과기공사가 무슨 일을 하는지, 어떻게 하면 치과기공사가 될 수 있는지 더욱 자세히 알 수 있을 것이다.

그러나 내가 이 책을 쓴 이유는, 단순히 치과기공사가 하는 일에 대해 널리 알리기 위함이 아니다. 이 책엔 치과기공사로서 겪은 웃기고도 슬픈 에피소드들과 더불어 치과기공사가 살아가는 녹록지 않은 현실을 모두 담았다.

이 책을 읽는 독자분들은, 아마도 대부분 나와 전혀 다른 일을 하고 계실 것이다. 하지만 우리 모두에겐 큰 공통점이 있다. 바로, '먹고 살기 위해' 일한다는 것. 때문에 나의 이야기엔 공감할 구석이 제법 있으리라 믿는다.

나는 독자분들이 내가 책에 쓴 '웃픈' 이야기를 보며 '함께' 웃었으면 좋겠고, 우리 앞에 놓인 냉혹한 현실에 대해서도 '함께' 생각해보길 바라며, 그럼에도 더불어 살아가는 따뜻한 세상을 '함께' 돌아보길 소망한다.

아무도 모르는 곳에서
아무도 몰라주는 일을 하는
어느 치과기공사의 이야기

Click!

목차

PART2. 전문직이라고 다 안정적인 건 아닙니다.

PART3. 전문직도 피해갈 수 없다. 번아웃

PART4. 다시, 치과기공사로 살기

부록.

치과기공사가 들려주는 치아 보철물 이야기

PART 1.

전문직계의 아웃사이더, 치과기공사

김태희처럼 해주세요

'김태희처럼 해주세요.'

의뢰서 비고란에 적힌 말이었다. 나는 우선 내 두 눈을 의심했다. 하지만 앞을 보나 뒤를 보나 그것은 분명 의뢰서였고, 거기엔 김.태.희.처.럼.해.달.라는 글씨가 또박또박 적혀 있었다. 바로, '앞니'를 말이다. 다소 황당한 의뢰 내용에 절로 미간이 찌푸려졌다. 치아를 둥글게 해달라거나 각지게 해달라거나, 튀어나와 보이지 않게 해달라는 주문은 수도 없이 받아 보았지만 이런 의뢰는 처음이었다.

'누구처럼 해주세요'라는 말은 성형외과 환자나 미용실 손님들의 단골 멘트 아니었던가? 하지만 이곳은 치아 보철물을 만드는 치과기공소인데? 이해가 되질 않았다. 세상에, 김태희처럼 해달라니…. 앞니를…. 당장이라도 이렇게 의뢰했을 환자에게 찾아가 넌지시 말해주고 싶었다. 환자분! 아무래도 번지수를 잘못 찾으신 것 같아요. 저는 치과기공사[1]지 미용사나 성형외과 의사가 아니라고요. 저한테 왜 이러세요. 흑흑.

---

[1] 이후, 편의상 '치과'를 빼고 '기공사'라 칭하겠다.

점심시간이 되어서도 내 천(川)자가 아로새겨진 미간은 좀처럼 펴지지 않았다. 점심시간은 잠시나마 일에서 벗어나 동료 기공사들과 이런저런 수다를 떨 수 있는 유일한 시간이었다. 평소 같으면 드라마 매니아인 막내는 어제 본 미니시리즈가 완전 막장이었다는 이야기를 했을 테고, 간식 없인 못 사는 김언니는 마트에서 구매한 신상 과자가 너무 맛있었다는 이야기를 늘어놓으며 하하호호 거렸을 거다. 하지만 오늘은 상황이 달랐다. 모두의 표정이 제법 엄격하고 근엄하며 진지했다.

"그러니까, 진짜 김태희처럼 만들어달라는 거예요? 앞니 여섯 개를요?" 막내가 말했다.

"김태희 앞니가 어떻게 생겼는데?" 김언니가 말했다.

"언니. 저도 그게 궁금해서 김태희 사진 찾아서 입 부분만 확대해보고 있어요. 하. 한 장만 더 찾아보면 현타 올 거 같아요."

나는 핸드폰 화면 속 김태희 사진을 보며 푹 한숨을 내쉬었다. 김언니는 팔짱을 끼더니 혀를 끌끌 찼다.

"쯧쯧. 이런 주문이 또 들어올 줄이야. 박오빠 말로는 2년 전쯤엔 셀레나 고메즈처럼 해달라는 주문도 있었댔는데.”

김언니의 말에 떡하니 입이 벌어졌다. 맙소사. 정녕 우리 기공소는 연예인 앞니 모방 맛집이었던 것인가!

식사를 마치고 돌아와서도 김태희 앞니에 대한 연구는 계속되었다. 그러나 이런 의뢰를 받아 본 적이 없었던 나는 도무지 감을 잡지 못했다.

사람은 각자의 얼굴형이나 분위기, 이목구비에 따라 어울리는 헤어스타일, 패션스타일이 모두 다르다. 치아도 마찬가지다. 각자의 얼굴형에 어울리는 치아 모양이 따로 있다.(이론적으로도 그렇다.) 더구나 이분 같은 경우 윗니 여섯 개만 김태희처럼 해달라는 거였는데, 그러면 양옆의 다른 치아, 혹은 아랫니와 상당히 이질적으로 보일 것 같았다.

어떻게 해야 다른 치아와도 잘 어울리고 맞물리며 '김태희' 같은 느낌을 살릴 수 있을까. 끝없는 고민이 이어졌지만 수십 분을 연구한 끝에도 결론을 내리지 못했다. 나는 결국 다른 기공소에서 일하는 기공사 친구에게 SOS를 청했다.

앞니 6개 라미네이트를
김태희처럼 해달라는 의뢰가 들어왔거든?

어떻게 해야 할까?

그리고 얼마 지나지 않아 답장이 날아들었다.

뭘 물어. 그냥 해!

나도 얼마 전에 누가 수지처럼 해달라고 해서
그냥 수지처럼 해줬어.

앞니 네 개만.

오마이갓. 김태희, 셀레나 고메즈에 이어 수지까지? 도대체 언제부터 치아 보철물마저도 연예인을 따라 하는 세상이 되어버린 걸까.

나는 예뻐지고 싶은 욕구에 태클을 걸 마음은 없다. 하지만 멀쩡한 생니를 갈아서까지 특정 인물을 따라 하려는 사람이 많아진 이 현실이, 어쩐지 조금은 쓸쓸했다. 모든 보철물은 치료 목적이 다분한 것을. 어찌하여 보철물마저 미용의 목적이 되어 유행처럼 번져가기 시작한 걸까? 정녕 이것이 바로 치과 기공의 미래인 걸까? 조금은 회의감이 들기까지 했다.

하지만 이내 고개를 털고 정신을 차렸다. 계속 고민만 하다간 일이 밀려 야근 지옥에 빠지고 말 것이다. 게다가 친구가 답을 내려주지 않았는가. 그냥 하라고! 맞다. 그렇다. 내가 잠시 본분을 잊었다. 자고로 기공사란, 하라면 해야 하는 사람이었다. 그것이 옆, 아랫니와 어울리든 말든 환자가, 혹은 치과가 원한다면 그리 해야만 했다.

나는 곧장 작업을 시작했다. 김태희 사진을 보며….
아까 밥을 먹을 땐 김태희 씨와 겸상을 하는 기분이었
는데, 이젠 함께 일하는 사이가 된 기분 마저 들었다.

그리고 얼마 후, 눈에 띄는 의뢰서 한 장이 도착했다.

김태희 난이도 ☆
이번 의뢰 난이도 ☆☆☆☆☆☆☆☆☆☆

대체 이건 어떻게 만들라는 걸까.. 건물주 아드님이시니
앞니를 금으로 해드려야 하는 걸까? 반짝반짝하게.

그게 아니라, 치과기공사라고요

대학 시절, 중학교 동창이 급하게 주선해준 소개팅 자리에 나갔을 때의 일이다.

　　소개팅남 : 아 참! 무슨 과 다니세요? 저는 ○○과요.
　　나　　　: 아, 그러시구나. 저는 기공과 다녀요.
　　소개팅남 : 와, 대박! 공대생이셨어요?
　　나　　　: 네??
　　소개팅남 : 기공과 다니신다면서요. 기계공학과!
　　　　　　　 멋있어요!
　　나　　　: 그게 아니고…. 치기공과요.
　　(잠시 정적)
　　소개팅남 : 아, 그럼. 나중에 그….
　　　　　　　 치과에서 일하시는….
　　나　　　: 아뇨.(칼답) 그건 치위생과고요.
　　　　　　　 치기공과라고 있어요.
　　소개팅남 : 아, 진짜요?

　　어색하고 할 말 없을 때 요긴하게 쓰이는 "아 진짜요?" 스킬을 선보인 소개팅남. 그와의 처음이자 마지막

만남은 벌써 10년도 더 지난 일이 되었다. 하지만 당황한 기색이 역력했던 그의 표정만은 아직도 생생하다.

이런 수모는 대학 생활에서 그치지 않았다. 누군가 내게 직업을 물어 기공사라고 답해주면 사람들은 고개를 갸웃하며 꼭 되물었다.

"네? 기공사요?"

그게 무슨 일을 하는 건지 모르겠다는 거다. 아차 싶은 나는 '치과'기공사라고 다시 말해준다. 그럼 상대방은 그제야 내 직업의 정체를 알겠다는 표정을 짓는다. 그리고 말한다.

"아, 그 치과에서 일하시는 분!"

틀렸다. 애석하게도 나는 '그 치과에서 일하시는 분'이 아니다. 대부분의 사람들이 머릿속에 떠올리는 '그 치과에서 일하시는 분'은 치과위생사일 확률이 높다. 기공사 생활 8년 차에 접어들었지만, 그동안 기공사라는 직업에 대해 제대로 알고 있는 사람을 만나기란 가뭄에 콩 나는 수준이었다.

기공사라는 직업이 생소하게 느껴질지 모르지만 사실 기공사는 생각보다 당신의 삶과 아주 밀접한 관계를 맺고 있다. 기공사는 치아 보철물 또는 교정장치 등을 제작하거나 수리, 가공하는 일을 한다. 지금 이 글을 읽고 있는 당신의 입안에 있는 것 중 하나는 기공사가 만들었을 것이다. 골드크라운, 지르코니아 크라운, 레진인레이, 라미네이트, 틀니, 임플란트, 교정장치, 마우스피스 같은 것들 말이다. "나는 그런 거 하나도 안 끼고 있는데?"라고 하시는 분들께는 진심을 다해 박수를 쳐 드리고 싶다. 돈 관리보다도 어렵다는 치아 관리, 정말 잘하셨다고. (돈 굳으셨어요! 찡긋.)

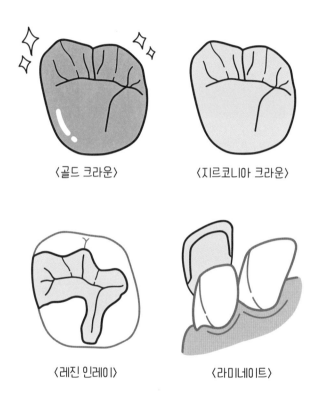

〈골드 크라운〉

〈지르코니아 크라운〉

〈레진 인레이〉

〈라미네이트〉

〈틀니〉

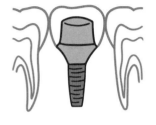

〈임플란트〉

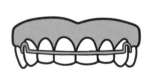

〈교정 장치〉

〈마우스피스〉

그러나 이렇게 기공사들이 우리 삶과 아주 가까운 곳에서 일을 함에도 내 직업에 대한 사람들의 인지도는 상당히 낮은 편이다. 그래서 요즘엔 직업을 소개할 일이 생기면 나도 모르게 앞에 군더더기를 붙이곤 한다.

"음. 아마 잘 모르실 것 같은데…. 그, 기공사라고 아세요? 치과기공사요. 금니나 틀니 같은 거 만드는…."

하지만 그럼에도 그게 뭘 하는 일인지 도통 모르겠다는 반응이 대부분이다. 이젠 이런 반응에 제법 익숙해질 법도 한데, 어쩐지 가끔은 좀 서럽다.

그래도 어쩌겠는가. 나는 기공사이고, 기공사란 '기공소'라는 매우 특수한 곳에서 일하는 사람인 것을.

노래방 가는 게 아니라
출근하는 겁니다

아침 9시

내가 가야 할 곳은 이런 곳이 아니다

부디 오해하지 마시길. 이것은 나의 출근길을 묘사한 것뿐이니까. 나는 노래방이나 족발집에 출근 도장을 찍는 사람이 아니다. 내가 일하는 기공소가 노래방과 족발집이 있는 건물 4층에 자리했을 뿐. 때문에 출근할 때마다 괜히 눈치를 살피기도 한다. 누군가 나를 보면 "저 사람은 아침 댓바람부터 노래방을 가네?", "와, 대박. 이 시간에 족발을 뜯으러 가? 콜라겐 사랑이 남다른 사람인가 보군."이라며 넘겨짚을까 봐.

　4층 창문 위에 'OO 기공소'라는 간판 하나라도 있으면 이런 걱정을 덜 할 텐데…. 우리 기공소엔 간판이 없었다. 그러나 이것은 비단 내가 일하는 기공소 얘기만이 아니다. 대학 동기들을 포함해 열댓 명의 기공사와 꾸준히 연락하며 지내고 있지만, 간판이 있는 기공소에서 일한다는 사람은 아직 단 한 번도 본 적이 없다.

대학을 졸업하고 처음 일을 시작했을 땐, 앞으로 간판도 없는 곳에서 일해야 한다는 것이 꽤 충격적이었다. 일하는데 간판 유무가 무슨 상관이냐 할 수 있겠지만, 나는 그것이 회사의 일원에게 '소속감'이라는 것을 갖게 하는 중요한 요소라고 생각한다.

자신이 일하는 회사의 출입증을 목에 걸 때, 회사 이름이 새겨진 건물로 들어갈 때, 누군가를 처음 만나서 회사 로고가 박힌 명함을 건넬 때…. 사람들은 '소속감'을 느낄 것이다. 무의식중에라도 내가 이 회사의 일원이라는 생각을 한다는 거다. 하지만 나는 앞서 말한 세 가지를 단 한 번도 경험해본 적이 없다.

여러 가지 회사원 아이템 가운데, 내가 무엇보다 탐을 냈던 것은 바로 명함이었다. 간판도, 로고도 없는 기공소에 명함이 있을 리 만무했다. 종종 식당에서 통에 명함을 넣으면 당첨자를 뽑아 식사권을 주는 이벤트를 한다. 카운터에 놓인 투명한 통, 그 안에 쌓여있는 명함들을 보며 나는 이름 모를 누군가를 참 많이도 부러워했다. 오죽했으면 한때 나의 소원이, 그 이벤트 통에 내 이름 석 자 쓰인 명함 한 장 넣어 보는 것일 정도였 겠는가.

하지만 이내 본격적으로 이 일을 하다 보니, 기공소에서 간판을 내걸지 않고, 명함도 만들어주지 않는 이유를 알 것도 같았다. 기공소는 그 모든 게 필요 없는 곳이었다. 찾아오는 이가 없으니 말이다. 기공소에 드나드는 사람이라곤 소속된 기공사들과 보철물을 치과로 배달해주시는 기사님 뿐, 다른 외부인은 이곳에 올 일이 없다.

치과를 찾은 환자들은 치과와만 소통을 한다. 환자가 치과에서 치료를 받고 보철물을 제작하게 되면, 치과는 보철물 제작 의뢰서를 작성해 직접 기공소에 전달한다. 때문에 기공사는 환자와 직접 대면할 일이 없다. 그렇다 보니 기공사는 환자에게 직접 피드백을 받을 길이 없다. 그러나 나도 사람인지라, 내가 손수 만든 보철물을 낀 환자의 반응이 궁금하기도 하고 때로는 칭찬이 고프기도 하다. "크라운이 꼭 맞아요.", "라미네이트가

너무 마음에 드네요.", "김태희가 된 기분이에요!" 정도
라도 말이다.

하지만 그 한마디 듣는 것조차 헛된 꿈이다. 이 사회
에서 기공사의 존재감은 제로에 가까우니까. 기공사들
은 대로변에 있는 이름만 대면 알만한 유명 회사에 다
니는 것도 아니거니와, 간판도 없는 곳에서 외부와 철
저히 단절된 채 그저 묵묵히 일할 뿐이니까. 아. 이쯤 되
면 기공사를 전문직계의 아웃사이더로 불러도 무방하
지 않을까 싶다.

그러나 딱 한 번, 기공소에 찾아온 환자를 본 적이 있다.

그분은 내가 기공사로 일한 8년 역사에서

처음이자 마지막으로 만나 본 유일한 환자였다.

소개팅 때보다 더 어색한 환자와의 대면

(to be continue)

보철물에도 있다
수정, 최종수정, 진짜최종수정.jpg

"네?! 또다시 하라고요?!"

나도 모르게 언성을 높였다. 평소 못 할 말은 참고, 할 말도 꾹 참고 사는 성격인 내가 말이다. 하지만 그런 나에게도 한계라는 게 있었다. 이미 일곱 번이나 다시 만들어준 보철물을 또다시 만들라 하는데, 소리치지 않고 배기겠는가!

드문 경우지만, 이미 만들어줬던 보철물에 문제가 생겨 똑같은 것을 다시 제작하게 되는 경우가 있다. 기공소에선 이 작업을 통칭 리메이크(Re-make)라고 부른다. 나는 이 환자의 앞니 라미네이트만 정확히 일곱 번을 리메이크 한 상태였다. 상부에 전달할 파일에 고칠 점이 자꾸 생겨 파일 이름을 '수정1, 수정2, …, 최종수정, 진짜최종수정.jpg'라고 계속 변경하다가 '진짜최종수정7.jpg'까지 간 상태에 비유한다면 공감이 될까. 나는 분명 의뢰서에 쓰여있는 대로 제작을 해서 넘겼는데, 계속해서 리메이크 요청이 들어오는 거였다. 한 번만 더 만들었다간 앞니 노이로제가 걸릴 것 같았다. 참다못한 나는 결국 치과에 전화를 걸었다.

호기롭게 걸었으나

전화 받자마자 쭈그리 모드

여기에...?

거듭되는 환자의 요구에 치과도 답답했는지, 결국 환자를 기공소에 보내는 상황에 이르렀다. 기공소에 환자가 온다니. 난생처음으로 환자를 실물 영접하게 된다는 사실이 놀라웠다. 하지만 한편으로는 무섭기도 했다.

치과에도 일곱 번이나 리메이크를 요구했던 환자였다. 왠지 엄청난 포스를 자랑하는 까탈스러운 여성 분일 것 같았다. 나는 환자가 오기 전까지 그녀의 모습을 상상해보았다. 온몸에 명품과 귀금속을 휘두르고, 오자마자 다리를 꼰 채 팔짱을 끼고 앉아 "내 앞니 제대로 만들란 말이야!" 하고 소리를 지르는 어마 무시한 상상. 하지만 내 예상은 완전히 빗나갔다.

앞니에 대한 열렬한 회의 중

뭐지. 이 5G급 협상은?

직접 만나본 환자는 너무나 온화했다. 환자는 조곤조곤 요구사항을 말했다. 모든 부분이 깔끔하고 딱 떨어지는 의뢰였으며 '김태희처럼 해 달라'는 애매한 부분은 한 개도 없었다. 아니, 이렇게 원활하게 진행할 수 있는 것을! 왜 일곱 번이나 리메이크를 하며 허송세월 시간을 낭비해야 했단 말인가!

알고 보니 모든 사건은 치과에서 적은 의뢰서에서 시작된 거였다. 환자에게 의뢰서를 보여주니, 환자는 무척 당황스러워했다. 자신은 이런 걸 요구한 적이 없다는 거였다. 즉, 환자는 A모양을 요구했음에도, 치과는 B라고 작성을 했으며, 이 상황을 알 리 없는 나는 그냥 의뢰서에 적힌 대로 제작을 한 것이었다. 환자의 요구사항을 제대로 인지한 나는 열과 성을 다해 보철물을 다시 만들었다.

그리고 그 뒤로, 그녀의 의뢰서를 다신 볼 수 없었다.

일부자 말고 알부자 시켜주세요

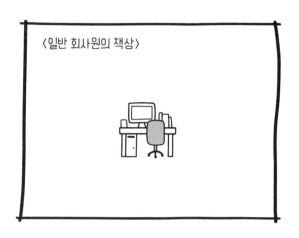

〈일반 회사원의 책상〉

〈내 책상〉

내가 바로 세상에서 제일가는 책상 부자가 아닐까.

나의 하루는 책상 1호에서 시작해 책상 4호에서 끝이 난다. 만약 늦은 오후가 됐는데도 내 몸이 책상 2호에 머물러 있다면, 그 날은 무조건 야근이라고 보면 된다.

책상 1호에선 보철물을 다듬는 작업이 이뤄진다. 이곳엔 여러 가지 절삭기구가 놓여 있다. 절삭기구는 치과에서 흔히 볼 수 있는 기구와 비슷하다. '위잉!' 소리를 내며 공포감을 한껏 조성하는 기구들 말이다. 치과에서 이 기구를 치아를 갈아내는 데 사용한다. 기공소에서 이 기구를 보철물을 다듬는 데 사용한다. 하지만 가끔은 내 살갗을 갈아내기도 한다. 때문에, 정신을 단단히 차리고 작업에 몰두해야 한다.

책상 2호에선 라미네이트를 제작한다.

〈라미네이트 제작 과정〉

1.모형에 왁스를 녹여올린다.

2.빼내서 틀을 만들어준다.
(붕어빵 틀을 만드는 것과 비슷함)

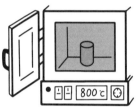

3. 틀을 고온의 오븐에 달군다.

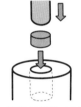

4.도자기 성분의 재료를
기계를 이용해 틀에 넣어준다.

5.틀을 제거해주면
라미네이트가 나온다.

6.세밀하게 다듬어 주고
광을 내준다.

책상 3호에선 지르코니아 크라운을 디자인한다. 이 책상엔 보통의 회사 사무실처럼 컴퓨터가 놓여 있다. 지르코니아는 다른 보철물들과 달리 컴퓨터로 디자인한다.

〈지르코니아 크라운 제작 과정〉

1.모형을 스캔한다.

2.지르코니아 크라운을 디자인한다.

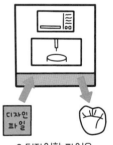

3.디자인한 파일을 밀링기에 전송 후 가공한다.

4.가공한 크라운을 꺼내 다듬어준다.

책상 4호에선 지르코니아 크라운에 색상을 입히는 작업을 한다.

1.치아 컬러에 맞게 컬러링 액을 발라준다.

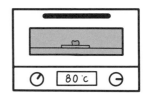

2.컬러링액을 건조시켜준다.

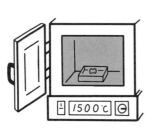

3.건조가 끝나면 고온의 오븐에 넣고 구워준다.

4.세밀하게 다듬어 준 뒤 광을 내준다.

기공사들이 모든 보철물을 다룰 줄 아는 것은 사실이지만, 원래는 각자 하나의 파트를 맡아 그 일만 하는 것이 정상이다. 하지만 기공소에서 인건비를 아끼기 위해 사람을 많이 뽑지 않다 보니 멀티플레이어가 되는 기공사들이 늘어나는 추세다. 마치, 홀로 책상 네 개를 쓰며 각기 다른 보철물을 제작하는 나처럼.

물론 나도 처음 입사했을 땐, 한 개의 책상에서 정해진 일만 처리했었다. 그런데 날이 갈수록 맡는 일의 가짓수가 늘더니 내가 사용하는 책상도 덩달아 많아지게 됐다.

일이라는 게 참 희한하지 않은가. 하는 만큼 줄어야 하는데 할수록 는다. 그러다 보면 자연스럽게 일부자가 되어 있다.

나는 그냥 알부자가 되고 싶었을 뿐, 일부자나 책상 부자는 되고 싶지 않았는데. 아무래도 하늘에 계신 조상님께 '부자'가 되게 해달라고 빌 때, '어떤' 부자가 되고 싶은 것인지 조금 더 구체적으로 빌었어야 했나 보다.

야근 메이트

소장님 눈엔 이게 안 보이시나요.

의문이다. 왜 나는 늘 야근이고 그는 늘 칼퇴인 걸까. 하지만 그보다 더 궁금한 것은, 같은 회사에서 일하는데도 어째서 그는 부하 직원인 내가 무슨 일을 하는지, 또 얼마나 많은 일을 하는지 모른다는 거다. 남들이 내가 하는 일에 대해 잘 몰라주는 것도 서러운데, 어찌하여 함께 일하는 당신마저 이럴 수 있냐 따져 묻고 싶다. 하지만 말을 아낀다. 괜히 대화가 길어져서 그와 오래 대면하는 것보다 빨리 그를 보내버리고 마음 편히 혼자 일 하는 게 좋겠단 생각이 든다. 자고로 상사란, 적게 볼수록 좋은 존재 아니던가.

　상사가 퇴근한 뒤, 나는 야근을 위해 책상 4호에 앉았다. 하지만 사무실엔 혼자가 아니었다. 다른 팀의 문오빠가 남아 있었다. 문오빠는 그나마 몇 안 되는 나의 야근 메이트 중 한 명이었다. 문오빠는 어떻게 생각하는지 모르지만, 나는 속으로 문오빠를 내 야근 라이벌이라고 생각했다. 퇴근할 때, 문오빠가 일을 끝내지 못하고 남아 있으면 왠지 짠하면서도, 한편으로는 '내가 마지막은 아니구나.'하는 안도감이 들었다. 반대로 문오빠가 먼저 가고 나 혼자 남겨지면 그렇게 한숨이 나올 수 없었다. '오늘도 내가 마지막이구나, 내가 이 구역의 제일가는 야근 대마왕이었어.(흑흑)' 싶은 알 수 없는 패배감 같은 것이 들었다.

나는 오늘, 결국 문오빠에게 지고 말았다. 밤 아홉 시가 되어서야 책상 4호에서 간신히 벗어난 나는 쓸쓸히 내 손으로 기공소 문단속을 하고 나와야 했다. 그리고 완전히 어둑해진 거리를 터벅터벅 걸었다.

참 이상하다. '칼'퇴근길은 활기찬데, '야근 후' 퇴근길은 어딘지 사람을 쓸쓸하게 만든다. 자꾸만 고개가 떨궈지고 어깨가 축 처지는 건 왜일까. 나는 버스정류장에 다다라서야 숙였던 고개를 들었다.

건너편 회사 건물들에 듬성듬성 불이 켜져 있었다. 불빛들을 보다 보니 문득 깊은 생각에 잠겼다.

누가 켜놓은 불일까. 왜 저 넓은 층에, 한 자리에만 불이 켜져 있는 걸까. 혹시 저 사람도 나처럼 아무도 몰라주는 노력을 하고 있는 건 아닐까….

마음속으로 읊조린 질문이었다. 하지만 왠지 까만 건물에 쓸쓸히 켜진 불빛들이 그에 대한 답을 해주는 것만 같았다. 이 퇴근길엔 너 혼자가 아니라고. 그것은 결코 너만의 쓸쓸함이 아니라고. 세상엔, 서럽도록 아무도 몰라주는 일을 하는 사람들이 제법 많다고.

생각해보니 그런 것 같다. 사무실에 홀로 남아 늦게까지 일하는 사람들, 종일 집에서 노는 것 같지만 사실 온갖 가사노동과 육아에 시달려야만 하는 엄마들…. 하지만 보이지 않는 곳에서 일한다는 이유로, 아무도 그 노고를 몰라주는 차가운 현실….

문득 밀려오는 쓸쓸함에 푹 한숨을 내쉬었다. 나는 다시금 맞은편 건물들의 불빛들을 바라보았다.

알 수 없는 동지애가 형성돼서일까. 얼핏 미소가 지어졌다. 희한하게도, 회사의 야근 메이트 문오빠 보다, 친한 친구의 '힘내'라는 말보다, 이름 모를 누군가가 켜놓은 저 불빛들이 더욱 위로가 되는 오늘이다.

터덜 터덜

PART 2.

전문직이라고
다 안정적인 건 아닙니다.

"넌 그래도 전문직이잖아."

모두 고된 하루를 보내서일까? 사람들은 일과 후 저녁에 모이면 주로 힘든 이야기를 하게 된다. 내가 종종 나갔던 모임의 일원들도 그랬다. 한번 모이면 다들 회사에서 겪은 고충들을 털어놓기 바빴다. 그럼 나도 이에 질세라, 내가 기공소에서 얼마나 힘든 일을 겪었는지 쏟아내곤 했다. 하지만 내게 돌아오는 반응은 "힘들었겠다."하는 공감이나 "힘내라."는 위로가 아니었다. 내 말을 들은 이들의 반응은 모두 한결같았다.

"민채 씨는 그래도 전문직이잖아. 아휴, 나도 기술이나 배울 걸 그랬어."

"민채 너는 취업도 바로 했잖아. 난 취업 언제 하냐. 에휴."

"민채 언니는 그래도 하고 싶었던 일 하는 거 아니에요? 그러니까 전공 살려서 취업도 한 거고! 저는 지금 선택한 전공에 열의도 없고…. 걱정이에요."

반박을 위해 하고 싶은 말이 많았지만 꾹 참았다. 이 상황에선 내가 무슨 말을 한다 한들, "넌 그래도 전문직이잖아."라는 말로 귀결될 것이 뻔히 보였다.

물론 내가 전문직인 건 사실이다. 하지만 내가 일에 대한 애정과 열의를 갖고 있다는 것, 내가 이 직업을 오래전부터 꿈꿔왔고, 그 꿈을 이뤄낸 사람이라는 것은 그들의 대단한 착각이었다. 나는 이 일을 '하고 싶어서'가 아니라 '필요해서' 선택한 거나 다름없었으니까.

기공사는 의료법규상 의료인이 아닌 의료기사에 속한다. 의료기사란 의사의 지도 아래 진료나 의·화학적 검사에 종사하는 사람을 말한다. 의료기사엔 임상병리사, 방사선사, 물리치료사, 작업치료사, 치과기공사, 치과위생사가 있다. 의료기사가 되려면 우선 취득하려는 면허에 관한 학문을 전공하고 대학을 졸업해야 한다. 졸업예정자에겐 국가시험에 응시할 수 있는 자격이 주어진다. 그 시험에 합격하면 국가 면허를 취득할 수 있다.

기공사가 되기 위해 치기공과에 진학하고, 국가시험을 치른 뒤 자격증을 따내기까지의 모든 과정은 나에게도 크나큰 도전이었다. 하지만 이 모든 과정을 거쳐

성과를 이뤄낸 건 내 도전정신이 투철해서가 아니었다. 이 일에 무한한 열의와 애정을 갖고 있어서도 아니거니와 어릴 적부터 장래희망으로 기공사를 꿈꿨기 때문은 더더욱 아니었다. 그저, 먹고 살기 힘든 현실에 남들보다 일찍 눈을 떴다는 것, 안정적으로 돈을 벌고 싶었다는 것. 그뿐이었다.

전공 살렸다고 열의로 가득 차 일하는 건 아니다.

내 꿈은 따로 있었는걸요

지독한 안정추구형, 현실안주형 인간인 나라고 해서, 어릴 적부터 장래희망이 없었던 건 아니다. 학창시절엔 오히려 꿈이 너무 많아 문제였다.

초등학생 시절엔 순전히 그림 그리는 게 너무 좋아서 화가가 되고 싶었다. '대충' 붓질 몇 번만 해도 아름다운 그림을 완성해내던 밥 아저씨가 그 시절 내 롤모델 쯤 됐던 것 같다. 강아지를 키우기 시작한 뒤로는 동물이 좋아 수의사가 되고 싶었다.

중학교 땐 제법 구체적인 장래희망을 갖기도 했다. 바로 시각디자이너라는 꿈. 그 꿈을 꾸게 된 데는 어떤 계기가 있었다.

한때, 교과서나 노트에 좋아하는 아이돌의 얼굴이 들어간 이름표를 프린트해 붙이는 게 유행한 적이 있었다. 당시 나랑 짝이었던 친구는 반에서 일명 '덕력'이 제일 충만했던 친구였다. 좋아하는 연예인과 관련된 굿즈는 죄다 쓸어모았던 친구였는데, 하루는 그 친구가 팬카페에서 마음에 드는 이름표를 찾지 못했다며 울상을 짓고 있었다. 그 모습을 측은하게 여겼던 나는 친구에게 손수 이름표를 만들어주었다. 그런데 친구는 생각

이상으로 내 생애 첫 작품(?)을 너무나 마음에 들어 했다. 얼마 후부터 교내엔 내가 연예인 덕질용 이름표를 좀 만들 줄 안다는 소문이 퍼지기 시작했고, 그다지 친하지도 않은 아이들이 찾아와 너도나도 이름표 타령을 하기도 했다.

그때 난, '바로 이거다' 싶었다. 무언가를 해내서 주변의 인정을 받아 본 것은 처음이었다. 자신감이 붙었다. 디자인과 관련된 일이야말로 내 적성에 꼭 맞는 것 같았다.

그러나 대한민국 입시 사정은 그리 녹록지 않았다. 디자인과를 가겠다는 나의 꿈은 '입시 미술'이라는 장벽 앞에서 처참히 무너지고 말았다.

디자인과에 진학하려면 어릴 때부터 철저히 실기 준비를 해야 했다. 하지만 내가 입시 미술의 필요성을 깨달은 건 고등학교 2학년에 다다라서였다. 시기적으로 이미 너무 늦은 거였다. 늦게라도 시작해보지 그랬냐 할 수 있겠지만, 사실 부모님께 미술 학원에 보내 달라 할 용기가 나지 않았다. 어린 나이였지만 미술을 배우는 덴 꽤 많은 돈이 든다는 것쯤은 알고 있었으니까.

이런저런 이유로 내가 노릴 수 있는 건 비실기 전형 뿐이었다. 하지만 비실기 전형은 실기 전형에 비해 수능 등급 커트라인이 높았다. 특출나게 공부를 잘한 것도 아니었던 나는 끝내 그 문턱을 넘지 못했고 결국 재수를 하기에 이르렀다.

성적 앞에서 좌절된 꿈은 쉽게 다시 꿔지지 않았다. 나는 그 후로 디자인 관련 학과는 쳐다보지도 않았다. 사람은 간절히 원했던 것을 이루지 못하면 그걸 포기하는 게 아니라 외면하고 산다는 말을 들은 적이 있다. 내가 그것을 이루지 못했다는 것도, 앞으로도 이루기 힘들 거라는 것도, 모두 외면하고 싶었다. 그게 나의 현실이라는 게 너무 싫었다.

나는 디자인에서 돌린 눈으로 곧장 현실을 직시하기 시작했다. 당시 내가 본 현실은 취업난에 시달리는 오빠의 고군분투기였다. 오빠는 일 년에 천만 원씩 들여가며 4년제 대학을 겨우 졸업했다. 하지만 쉽사리 취업이 되지 않았다. 취업의 문턱 앞에서 아등바등하던

오빠의 모습을 보며 다짐했다. 나는 무조건 취업이 보장되는 '전문직'을 택해야겠다고.

그 많은 전문직 중 내 눈에 들어온 건 단연 기공사였다. 친구 중 한 명이 치기공과에 다니고 있었는데, 그 친구를 통해 그 과에서 무엇을 배우는지, 취업 전망이 어떤지 등에 대해선 익히 들어 왔었다. 그리고 무엇보다, 섬세한 보철물을 제작하는 일이었기에 내 유일한 장점인 손재주를 살릴 수도 있을 것 같았다. 그렇게 나는 한 차례의 재수 끝에 치기공과에 진학하게 됐다.

대학을 졸업한 뒤, 나는 곧바로 취업에 성공했다. 확실히 인문계열을 전공한 다른 친구들에 비해 취업이 쉬웠다. 내가 마음만 먹으면 일할 곳을 선택할 수 있다는 것도 기공의 장점이었다. 분명 치과기공이라는 분야는 국가면허만 취득하면 취업의 문턱을 쉽게 넘을 수 있는 곳이었다.

그러나 기공의 메리트는 딱 거기까지. 막상 취업의 문턱을 넘고 나서 보게 된 기공의 환경은 생각 외로 너무나 열악했다.

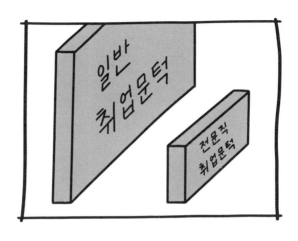

과연, 신참기공사의 눈앞에 펼쳐진 현실은?
(to be continue)

빨간 날 실종사건

빨간 날을 검게 칠한다고 평일이 되나요?!!

친구가 일하는 기공소에서 있었던 일이다. 퇴근 시간을 조금 앞두고 정신없이 일을 마무리 짓고 있을 때, 소장이 사무실 안을 어슬렁어슬렁 배회하기 시작했다. 슬쩍 주위의 눈치를 살피던 소장은 벽에 걸린 커다란 달력 앞에 서더니 그곳에 한참을 머물러 있었다. 대체 뭘 하는 건가, 소장의 행동거지를 훔쳐본 친구는 그대로 얼어버렸다. 소장이 빨갛게 인쇄되어 있는 달력의 대체공휴일을 검게 칠하고 있었던 거다. 친구는 기가막힌다는 듯 헛웃음을 지었단다. 그리고 결국, 소장의 재간으로 빨간 날에서 검은 날이 되어버린 대체공휴일에, 친구는 출근을 해야만 했다.

하긴. 나 역시도 국가에서 지정해준 빨간 날에 제대로 쉬어본 적이 없다. 근로자의 날, 각종 선거일, 대체공휴일 등에 나는 늘 일을 했다. 선거일에 출근하지 않았다는 기공사는 아직 단 한 번도 본 적이 없다.

또 하나의 단적인 예로, 기공사는 신혼여행도 마음대로 갈 수 있는 처지가 아니다. 신혼여행을 가게 되면 나를 대체할 임시 직원을 구해놓고 가야 한다. 심지어

본인의 사비를 들여서 말이다.

그럼 누군가는 물을 것이다. 연차, 혹은 휴무를 써서 쉬면 될 일 아니냐고. 어림없는 소리다. 기공소를 다니는 기공사에겐 연차가 없다. 왜일까? 근로기준법상 대표를 제외한 근로자 수 5인 이상의 사업장에 다니는 근로자가 아니라서? 1년의 근무 기간 동안 80% 이상 출근하지 않아서? 둘 다 아니다. 답은 '그냥'이다. 기공사에게 연차는 '그냥' 없다. 무슨 말도 안 되는 소리냐고? 그런 말도 안 되는 일들이 기공소에는 허다하다.

연차가 없는 원인을 굳이 밝혀보자면, 그럴 수밖에 없는 기공소의 근무 환경 때문이 아닐까 싶다. 보통 직장인들은 연차를 내면, 쉬는 날 전후로 일을 해결해놓고 휴식을 취한다. 혹은 나를 대신할 다른 직원들이 있기에 마음 놓고 쉴 수도 있다. 하지만 기공사는 그게 아예 불가능하다. 기공사는 일의 스케줄을 재량껏 조율할 수도, 다른 직원들로 나를 대체할 수도 없다. 각자 맡은 업무량이 이미 한도 초과 상태이기 때문에 다른 사람의 일을 봐줄 여유도 없거니와, 몇 안 되는 기공사들이 하루 수십 개의 보철물을 제작해야 하기 때문이다.

요즘 사회에서 유행하는 말이 있다. 워라밸. 일과 삶의 균형이라는 의미인 'Work-life balance'의 준말이다. 요즘 사람들에겐 이 워라밸이 직업 선택에서 제법 중요한 요인으로 작용하는 것으로 알고 있다. 그만큼 인생에서 개인적인 삶과 여가 시간의 중요성이 커진 것이다.

하지만 기공은 여기서도 아웃사이더다. 요즘 기업들이 차츰 워라밸을 중시하는 분위기로 변해가고 있다지만 기공소만은 여전히 웅덩이에 고인 물처럼 아무런 움직임이 없다. 연차, 휴무, 휴가 등 최소한의 쉼도 보장되지 않는 이곳은 워라밸 불모지나 다름없다.

전문직이라고 다 안정적인 건 아닙니다

전문직이라고 하면 갖는 선입견들이 있다. 왠지 고액의 연봉을 받을 것 같고, 안정된 일자리로 늙어서까지 밥벌이하는 데 전혀 문제가 없을 것 같고, 거기에 좀 '있어보이는' 효과까지….

기공사가 국가 공인 자격증을 가진 전문직, 그것도 보건 관련 전문직이라 어떤 사람들은 그 정도면 괜찮은 스펙을 가지고 있는 거 아니냐며 나를 부러워하곤 한다. 나도 그렇게 생각했었다. 전문직이라는 껍데기가 공무원만큼 철밥통은 아니어도 나이 먹어서까지 일하는 데 지장이 없을 정도로 오래가고 튼튼한 그냥 밥통 정도는 될 줄 알았다. 그런데 아니었다.

'자격증 하나 있음 평생 벌어 먹고 살지.'라는 오해와는 달리, 기공사는 다른 전문직에 비해 이직 및 퇴직률이 매우 높다. 보통 이직, 퇴직 사유에는 여러 가지가 있다. 권고사직, 거주지 이전 등. 하지만 기공사가 일을 그만두는 가장 큰 사유는 연봉과 복지 수준, 또는 처우에 대한 불만족 때문이다.

기공 분야에서의 복지 기근은 연차의 부재에서 그치

지 않는다. 일반 직장인이라면 당연히 쓰는 '근로계약서'. 많은 기공사들이 그 근로계약서조차 쓰지 못한 채 일을 한다.

사업자가 근로자를 고용하면, 그 둘은 함께 근로계약서를 써야 한다. 근로계약서엔 연봉은 어떻게 되는지, 각종 수당과 상여금 및 4대보험, 휴무, 연차 등은 어떻게 지급할 것인지에 대해 분명하게 쓰게끔 되어 있다. 하지만 기공사와 근로계약서를 쓰는 기공소는 그리 많지 않다. 간혹가다 "근로계약서는 안 쓰나요?"하고 물으면 외려 당황해 하며 그리 말한 기공사를 이상하게 보는 소장들이 많다.

내가 처음 들어갔던 기공소의 소장도 별난 사람이었다. 입사 당시, 소장은 나를 딸이라도 되는 것 마냥 잘 챙겨주었다. 하지만 지금 생각해보면 그 친절한 모습에 속은 거나 다름없었다.

그는 월급을 현금으로 지급했다. 그때 나는 그게 잘못된 건지도 몰랐다.(아, 내가 바보였던 걸까.) 하지만 나중엔 결국, 그로 인한 문제가 발생하고 말았다. 때는, 그 기공소가 여의치 않은 사정으로 폐업하고 수년이 흐른 뒤였다.

어느 날, 집으로 낯선 우편물 하나가 날아왔다. 봉투를 열어보니 4대보험료 미납 통지서였다. 가슴이 철렁 내려앉았다. 나는 얼른 국민보험공단에 연락을 해 보았다. 그리고 알게 된 사실은 가히 충격적이었다. 전 소장이 최초 신고금액을 제외한 나머지 2년 치의 4대보험료를 단 한 번도 납부하지 않았던 거다. 기가 막혔다. 나는 모르는 일이라며 항의를 해 보았다. 하지만 보험공단에선 사업자 쪽에서 미납금을 내지 않는 이상, 2년간 일한 만큼의 연금을 절대 받을 수 없다는 말만 되풀이했다. 게다가 내가 월급을 받았다는 증거는 어디에도 없었기에, 법적으로 대응할 방법도 없었다. 이게 다 근로계약서를 작성하지 않고 급여를 현금으로 받아서 생긴 일이었다. 소장에게 배신감이 들었다. 그러면서도 나는 내 무지를 탓했다. 정녕 이 세상은 무지하면 당연한 권리조차도 당연하게 누리지 못하는 곳이었던 걸까.

그렇다면 누군가는 물을 것이다. 그럼 애초에 항의를 해서라도 근로계약서를 작성하고, 정당한 대우를 받으면 되는 일 아니냐고. 하지만 나는 똑똑히 보았다.

이 바닥에서, 부당한 일을 당해 정당한 목소리를 냈을 때, 사람이 어디까지 밀려날 수 있는지를.

부당한 것을 부당하다 하는 건
정당한 것 아닌가요

평소 알고 지낸 기공사 김오빠와 오랜만에 만나 저녁을 함께하게 되었다. 맛있게 구워지는 삼겹살을 앞에 두고 소주잔을 기울이며 분위기가 무르익을 즈음, 김오빠가 말했다.

"민채야. 너 박OO이라고 알아? 너희 학교 나왔다던데."

어딘지 귀에 익은 이름이었다.

"이름은 들어본 것 같아요. 저보다 바로 윗 학번 선배였던 것 같은데…. 왜요?"

"걔 지금 우리 기공소에서 일하거든? 근데 걔 진짜 골 때리는 애더라."

박OO 선배가 김오빠의 골을 때린 이유는 이랬다. 평소 야근을 밥 먹듯이 했던 박OO 선배는 소장에게 야근수당을 정산해 달라 요구했단다. 하지만 소장은 쉽사리 그 요구를 들어주지 않았다. 결국 화가 잔뜩 난 박OO 선배가 소장을 노동부에 신고해버렸다는 거다.

이야기를 다 들은 나는 고개를 갸웃했다. 야근수당 미지급 문제는 그동안 기공사들 사이에서 뜨거운 이슈였다. 당장 내 동기들만 해도, '야근수당 10원도 못 받고 일을 하는 게 말이 되냐.'며 신세 한탄을 늘어놓곤 했으니까. 그런 문제를 박○○ 선배가 해낸 것인데, 그게 왜 골 때리는 일이 되어 버린 걸까? 야근을 했으니 그에 따른 수당을 요구하는 건 당연한 거 아닌가? 부당한 것을 부당하다 주장하는 건 정당한 일 아닌가?

이 이야기는 삽시간에 기공 바닥에 소문으로 퍼졌다. 기공소에 소속되어 일하는 많은 기공사들은 박○○ 선배를 '멋있는 선배, 용기 있는 선배'로 불렀다. 그러나 일부 몇몇 기공사와, 소장들은 그녀를 '별난 애, 골 때리는 애, 또라이'로 취급하며 조리돌림을 했다. 가뜩이나 좁은 바닥에서 좋지 않게 소문이 났으니, 박○○ 선배는 다른 기공소에 재취업을 할 때 상당한 어려움을 겪었을 것이다.

안정적인 직장이라고 하면 흔히들 떠올리는 이미지가 있다. 첫째, 한곳에 오래 머물며 잘릴 걱정이 덜하다. 둘째, 일정한 수입이 정년까지 보장된다. 셋째, 퇴직 후에는 그동안 열심히 납입한 연금을 돌려받으며 편하게 산다. 하지만 지금 내가 몸담고 있는 이 기공 세계는 그 중 어느 것 하나에도 해당 되지 않았다.

그렇다면 이런 현실을 바꿀 방법은 전혀 없는 걸까. 그렇게 믿고 싶지 않다. 나는 이 바닥을 바꿀 수 있는 사람은 기공사들뿐이라고 생각한다. 물론, 관례처럼 굳어진 시스템을 바꾸기란 어려운 일이라는 걸 안다. 나보다 더 높은 사람과 싸워야 하는 게 얼마나 무서운지도 안다. 하지만 그렇다고 아무것도 하지 않으면 잘못된 시스템은 더욱 견고해질 것이다. 우리는 그렇게, 더욱 단단해진 무서운 벽 안에 갇혀 일하게 될 것이다.

나는, 이 바닥에서 유일하게 목소리를 높여주었던 박OO 선배 같은 사람이 더욱 많아지길 소망한다. 나 역시도 그녀처럼 용기를 내 보기로 다짐했고, 그리하여 이렇게 글을 쓰고 있는 것이다. 혹자는 말했다. 이 바닥의 현실을 글로 쓰면 내가 내 무덤을 파는 거라고. 기공에 문제가 많다는 걸 사람들이 알면 누가 기공사를 하려 하겠냐는 거다. 그렇다고 아무것도 하지 않으면?

잘못된 시스템에 지쳐 떨어져 나가는 기공사들이 점점 늘어날 것이다. 나는 그거야말로 악순환이라고 생각한다.

그런 의미에서, 다들 힘들겠지만 조금씩이라도 목소리를 내주었으면 좋겠다. 하나둘 용기를 내다보면, 언젠간 이곳도 바뀌지 않을까? 작은 기대를 품어본다.

일은 이미 차고 넘친다고요...

PART3.

전문직도 피해갈 수 없다.
번아웃

상사가 도망갔다

기공소에도 성수기 비슷한 것이 있다. 기공소엔 평소에도 일이 많지만, 특정 시즌이 되면 일은 더욱더 많아진다. 우선, 기공소는 우리나라 최대 명절인 설과 추석 전후에 가장 바쁘다. 신기하다. 왜 사람들은 명절 전후로 치과에 많이 갈까? 모처럼 맛있는 음식들과 단단한 과일을 마구 먹다가 치아에 문제가 생기는 경우가 많아서일까? 나는 아직도 그 이유를 모른다. 문득, 대학원에 진학하면 논문 주제는 '민족 대명절과 보철물 제작 의뢰 증가 간의 상관관계'로 해야겠다는 생각이 든다.

기공소는 학교 방학 시즌에도 쉴 틈 없이 바쁘다. 이 시즌엔 특히 교정장치 의뢰가 정말 많이 들어온다. 때문에 교정 파트에서 일하는 한 친구는 매년 여름과 겨울, 학생들의 방학이 다가오는 걸 몹시도 두려워한다. 그때가 되면 친구의 손목엔 파스가 덕지덕지 붙어 있다.

그러나 내가 2년 차 시절 일했던 기공소는 '따로' 성수기가 없었다. 그냥 '매일'이 성수기였다. 원래도 바빴던 기공소가 유독 더 바빠진 데는 그만한 이유가 있었다.

당시 우리 기공소는 다른 기공소와 합병을 하게 되었다. 난 처음엔 그 소식을 반겼다. 왜냐하면, 다른 기공소에서 일하고 있던 기공사들과 지금의 업무를 나눠서 할 수 있지 않을까 싶었던 거다. 하지만 큰 오산이었다. 막상 합병을 하고 보니, 다른 기공소엔 기공사가 없었다!

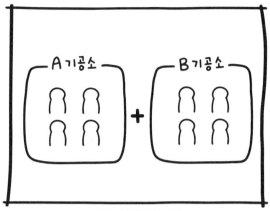

내가 상상했던 합병

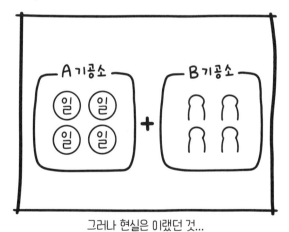

그러나 현실은 이랬던 것...

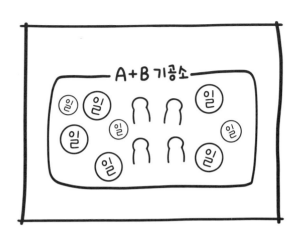

이후, 매일매일이 보철물 성수기가 되었다.

즉 합병 이후, 사람 수는 똑같은데 일 양이 두 배로 늘어난 거였다. 설상가상으로 함께 일했던 상사인 기공 사님이 이민을 가게 되면서 그 자리가 공석이 되는 상황에까지 이르렀다. 고사리손이라도 보태지 않으면 금방이라도 무너질 것 같은 아슬아슬한 상황인데 상사 기공사의 부재라니….

소장도 마음이 급했는지, 기존에 계셨던 기공사님을 대신할 사람을 곧장 뽑기 시작했다. 그리고 여러 명의 면접이 있었던 다음 날, 출근해보니 굉장히 순한 인상을 한 여성 분이 앉아 계셨다. 새 기공사님과 나는 첫 만남답게 어색한 인사를 나눈 뒤, 곧장 각자의 일을 처리해내기 바빴다.

한참이나 일 폭풍에 휘말려 정신없는 오전을 보내고 나니 어느덧 점심시간이 되었다. 나는 새 기공사님과 단둘이 밥을 먹게 되었다.

우리 둘 사이엔 출근 후 첫인사 때 만큼이나 어색한 기류가 흘렀다. 나는 슬그머니 기공사님의 눈치를 살폈다. 그런데 기공사님의 표정이 썩 좋아보이지 않았다.

평소 붙임성 없기로 유명한 나는, 결국 용기를 내어 먼저 말을 걸어 보았다.

"출근 첫날인데…. 일이 많아서 힘드시죠?"

내 물음에 그분은 어색한 웃음을 지어 보이셨다.

"하하. 네. 면접 때 들었던 거랑은 상황이 좀 다르네요."

나는 아무 말도 하지 못했다. 아무래도 소장이 "우리, 일 그렇게 많진 않아."라는 식의 말로 이분을 꼬신 모양이었다. 나는 밥을 먹는 내내, 마주 앉은 기공사님의 눈치를 살폈다. 기공사님은 식사 내내 수심이 가득한 얼굴을 하고 계셨다.

식사를 마치고 기공소로 돌아온 우리는 또 묵묵히 일을 시작했다. 기공소 내엔 말소리 한 번 들리지 않았다. 그러던 어느 순간, 위잉 하는 기계음 사이로 깊은 한숨 소리가 들려왔다. 나는 자연스레 소리가 난 쪽으로 고개를 돌렸다. 새로 온 기공사님이 푹 고개를 숙이고 있었다. 살다 살다, 상사가 안쓰러워 보이긴 처음이었다. 나는 책상 서랍에 간식용으로 넣어둔 초콜릿을 들고 그분의 곁으로 다가갔다.

"힘드시죠? 이것 좀 드세요."

기공사님은 내 작은 성의를 받아들며 싱긋 웃으셨다. 그리고 말했다.

"고마워요. 잘 먹을게요."

선후배 간의 훈훈한 대화였다.

하지만 그땐 몰랐다.

그것이 그분과의 마지막 대화가 될 줄은.

다음 날, 기공사님은 아무 말도 없이 출근하지 않았다. 일이 너무 많아서였을까. 결국 도망을 택하신 거였다. 나이 어린 신입 기공사들이 도망갔다는 얘기들은 몇 번 들어봤지만, 상사가 도망갔다는 얘기는 들어본 적이 없었다. 새로 출근한 지 한 달도 아니고, 일주일도 아니고, 하루 만에 도망이라니···. 이럴 줄 알았으면 어제 그 초콜릿 그냥 내가 먹는 건데···.

조금 다른 얘기지만, 이렇게 아무 말도 없이 하루아침에 퇴사가 가능한 걸 보면, 기공소 입장에서도 면접 시 충분한 협의 후 근로계약서를 작성하는 것이 정말 중요한 것 같다. (그런데도 그걸 안 써준단 말이지. 흥!)

결국, 우리 기공소는 또다시 급히 사람을 구해야만 했다.

야근의 굴레

하루아침에 도망간 기공사님의 자리는 금방 새로운 사람으로 채워졌다. 보통 직장인들이 자신을 '소모품'에 비유하곤 한다. 나는 그 말이 단순히 회사가 직원을 녹다운될 때까지 부려먹는 상황뿐만 아니라, 이럴 때도 쓰이는 게 아닐까 생각했다. 마치, 볼펜 한 자루가 사라지면 금방 새 볼펜을 구매해 사용하면 그만이듯…. 소장이 마음만 먹으면 이 자리는 언제든 교체, 혹은 대체될 수 있다는 거였다. 소모품처럼.

새로 온 분도 오자마자 떠안게 된 어마어마한 일 양에 경악을 했다. 나는 당황스러워 하는 그분을 보며 또 도망가면 어쩌나 걱정을 했다. 그러나 다행히 그런 일은 일어나지 않았다.

새로 온 분은 나와 나이 차가 많이 났다. 하지만 하루 열두 시간 이상을 계속 붙어 있던 우리는 급속도로 친해졌고, 나는 그분을 나이 차가 무색하게 '언니'라고 불렀다.(이하 편의상 '윤언니'라 칭하겠다.)

윤언니는 나를 참 예뻐했다. 이유인즉, 남편보다 나를 더 오래 보기 때문이라고 했다. 쏟아지는 업무량에 우리는 거의 하루도 빠짐없이 야근을 했다. 당시 어찌나 일이 많았던지, 다른 기공소에서 만드는 보철물이 하루 30개 정도라면, 그때 우리 기공소는 하루 70에서 80개의 보철물을 만들어야 했다.

매일 그렇게 일을 하다 보니, 어느 순간부턴 정신줄을 놓기 시작했다. 운동선수들이 신기록을 달성할 때마다 기뻐하듯, 나는 하루 동안 제작하는 보철물 개수가 신기록을 달성할 때마다 실성한 사람처럼 웃어댔다.

"와하하. 언니! 대박이에요! 우리 오늘은 90개나 했어요. 와, 내가 생각해도 이건 진짜 미친 거 같아요. 우린 미쳤어요!"

라고 윤언니에게 말하며, 나는 달력에 그날 제작한 보철물 개수를 크게 적어 놓곤 했다.

하지만 윤언니는 나처럼 정신을 놓지 않았다. 늘 차분했던 윤언니는 본인이 맡은 일을 처리하는 것과 더불어, 후배인 내가 하는 일까지 꼼꼼히 봐주셨다. 나는 윤언니가 참 존경스러웠다. 지난번, 나를 두고 하루 만에 도망을 간 기공사님과 비교하면 윤언니는 날개 없는 천사이자 에너자이저나 다름없었다.

언젠가, 윤언니에게 일이 많아 힘들지 않냐고 넌지시 물었던 적이 있다. 그러자 윤언니는 이렇게 말했다.

"나라고 이게 좋아서 하겠어? 다 먹고 살려고 하는 거지."

그리고 이 말도 덧붙였다.

"난 그만둘 때 그만두더라도 너 하나만큼은 키워 놓고 나갈 거야."

젠장. 너무 멋있잖아!(너무 멋있어서 욕이 나옴.)

윤언니가 우리 기공소로 들어온 뒤, 근 넉 달 동안은 밤 아홉 시 이전에 집에 들어가 본 적이 없었다. 자정을 넘겨 끝난 날도 수두룩했다. 집에 가면 정말 잠만 자기 바빴다. 엄마는 그런 나를 보며 "우리 집이 여관이냐, 맨날 잠만 자고 나가냐, 숙박비 내라."며 농담을 하곤 했다. 하지만 지금 생각해보면 그게 단순한 농담만은 아니었던 것 같다. 몇 달 동안 가족들과 식사 한 번 제대로 한 적이 없으니, 엄마는 내심 서운했던 마음을 농담으로 비춰냈던 게 아닐까 싶다.

매일 그렇게 엄청난 야근을 하다 보니 내 삶은 굉장히 단조로워졌다. 집, 회사, 집, 회사, 집, 회사…. 신기록을 달성할 때마다 실성했던 나는, 어느 순간부턴 해탈의 경지에 이르렀다. 야근을 하든 말든, 나는 아무 불평 없이 일만 했고 집에선 잠만 자고 나왔다. 이렇게 사는 게 맞는 건지 고민할 틈도 없었고, 내 몸이 얼마나 망가지고 있는지 돌볼 틈도 없었다. 내 삶은 쳇바퀴, 그 자체였다. 나는 잠시도 쳇바퀴를 벗어나지 않았다. 그저 내게 주어진 그 바퀴를 열심히 돌려댈 뿐이었다.

그러나 알았어야 했다. 그게 얼마나 바보 같은 짓이었는지를. 바쁜 와중에도 내 몸과 내 마음을 스스로 돌보지 않으면 나중에 어떤 일이 발생하게 되는지도….

매일 쳇바퀴를 돌리는 인생

그러나 언젠가부터 쳇바퀴는 감당하기 힘든 크기가 됐고

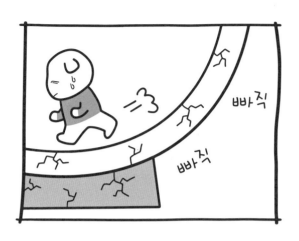

인생에 균열이 가기 시작했다

번아웃, 남 얘기인 줄만 알았지

형광등은 하얀 불빛을 쨍하니 단조롭게 뿜어낸다. 그러나 겉으로 보기엔 아무런 움직임이 없어 보이는 형광등 안에선 사실 엄청난 작용이 일어나고 있다. 형광등 내부엔 우리 눈엔 보이지 않는 무수한 전자들이 있다. 이 전자들은 매우 빠른 속도로 움직이며 전류를 발생시킨다. 이때, 지나치게 많은 전류가 흐르지 않도록 하는 것이 중요한데, 형광등에 달린 안정기라는 것이 그 역할을 해낸다. 그러나 모든 물건이 그렇듯, 안정기도 소모품이다. 안정기는 시간이 지나면서 차츰 제 역할을 잃어간다. 그러다 완전히 수명을 다하면 형광등엔 전류가 지나치게 많이 흘러 과부하가 걸리게 된다. 그리고 한순간에 뻑!하고 빛을 잃는다. 더는 쓸 수 없게 되는 것이다.

나는 사람도 안정기가 수명을 다한 형광등처럼 될 수 있다는 것을, 몸과 마음이 완전히 고장 나고 나서야 깨달았다.

때는, 여느 날과 다름없이 야근을 한 날이었다. 밤늦은 시간 집으로 돌아가던 길, 나는 늦게나마 끼니를 때

우려 회사 근처 편의점으로 향했다. 제때 식사를 못 하긴 했지만 그리 배가 고픈 건 아니었다. 그런데도 조금이나마 배를 채우기 위해 편의점에 들어온 건, 엄마 때문이었다. 나는 엄마에게 거짓말을 했었다. 회사에서밥 먹고 들어갈 테니 걱정하지 말라고. 거짓말을 할 수밖에 없었다. 안 봐도 뻔했으니까. 만약, 이 늦은 시간에 집에 들어가 밥을 차려 먹는 내 모습을 보면, 엄마는 "우리 딸이 이 시간까지 밥도 못 얻어먹고 일했구나." 하며 속상해하실 게 분명했다.

편의점에 들어온 나는 익숙하게 삼각김밥 코너로 향했다. 그날따라 진열대에 놓인 삼각김밥이 달랑 한 개밖에 없었다. 처음 보는 맛이었다. 인기가 없어서 이 늦은 시간까지 팔리지 않은 녀석인 걸까. 선택권이 없었던 나는 하나 남은 삼각김밥을 집어 들었다.

계산을 마친 뒤, 편의점 한쪽에 마련된 바 테이블에 털썩 앉았다. 그리고 삼각김밥을 힘없이 베어 물었다. 문득, 통유리 창 너머의 풍경을 바라보았다. 술집과 식당들의 번쩍이는 간판들 아래로 수많은 사람들이 지나

다녔다. 금요일이어서일까. 사람들은 유난히도 즐거워 보였다. 잠시 후, 딸랑이는 종소리와 함께 대여섯 명의 남녀가 편의점 안으로 들어왔다. 모두 내 또래쯤 되어 보였다. 다들 제대로 흥이 올라 있는 듯 했다. 조용했던 편의점 안이 그들로 인해 순식간에 왁자지껄해졌다.

"아, 배불러. 오늘 고기 진짜 맛있었어. 그렇지?"

"맞아. 역시 소고기는 찐이지!"

"아 너무 많이 마셨나? 그래도 2차는 가야지!"

"2차 어디로 갈까? 요즘 핫하다는 거기 가 볼까?"

소고기라니. 나는 이 늦은 시간에서야 고작 삼각김 밥 하나로 허기만 달래고 있는데…. 그들에게서 눈을 돌린 나는 유리창에 비친 내 모습을 바라보았다. 참 즐거워 보이는 저들과는 달리, 내 얼굴은 무척이나 외롭고 지쳐보였다. 나는 입안에 있던 삼각김밥을 씹지도 않고 삼켜냈다.

그 순간, 두 눈에 왈칵 눈물이 차올랐다. 머릿속엔 지난 몇 년간 내가 살아온 날들이 주마등처럼 스쳐 지나갔다.

아, 내가 이런 인생을 바랐던가? 엄마한테 거짓말이나 하고, 매일같이 삼각김밥으로 끼니를 때워야 하는 이런 인생을? 아니다. 아무리 생각해도 나는 이런 삶을 꿈꾼 적이 없었다. 그렇다면, 내 주제에 너무 큰 걸 바라는 걸까? 그것도 아닌 것 같다. 내가 월급으로 돈 오백을 원했나? 서너 시에 조기 퇴근을 시켜달라 했나? 모두 아니다. 일을 하며 내가 바랐던 건 단 하나, 그저 퇴근 후 내 시간을 조금 갖는 것, 그뿐이었다. 저녁이면 가족들과 따스한 밥을 나눠 먹고, 가끔은 친구와 맥주 한잔 하며 수다도 떨고, 기분이 센티한 날이면 산책도 하고 싶었다. 하지만 이토록 다분히 소소한 일상마저도 나에겐 사치였던 걸까.

설움이 폭발한 나는 창피한 줄도 모르고 미친 듯 눈물을 쏟아냈다. 그동안, 끼니를 자주 걸러 쓰린 명치를 부여잡았던 게 몇 번이나 됐던가. 갑자기 일이 몰려 몇 번이나 약속을 파투내야만 했었지? 그때마다 가족들이나 친구들은 말은 안 해도 얼마나 서운해했을까. 온갖 서러운 생각들이 머릿속을 꽉 메웠다.

도대체 이렇게 사는 게 무슨 의미가 있나 싶어졌다. 매일 내 삶도 없이 일만 하는데, 전문직이고 국가면허고 뭐고, 그런 게 다 무슨 소용일까 싶었다.

나는 편의점 한쪽에서 한참을 울고 나서야 진정을 되찾았다. 그리고 한 가지 다짐을 하게 되었다.

다 그만두기로.

으악!

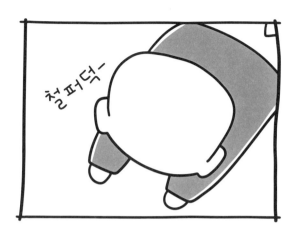

퇴사를 했는데
왜 마음이 안 편하냐고요

"하. 갑자기 왜 그만둔다는 거야? 도통 이유를 모르겠네?"

일을 그만두겠다는 나의 비장한 한마디에, 소장은 무척 당황한 듯 보였다. 그러나 되묻고 싶었다. 정녕 그 이유를 모르는 거냐고. 제가 그만두려는 이유를 조목조목 다 얘기하면, 칼퇴근 좋아하시는 우리 소장님 오늘 퇴근 못 하실 텐데 괜찮으시겠냐고.

근 2년 동안 단 하루도 휴무를 주지 않으신 것, 빨간 날에도 출근해야만 했던 것, 매일 같이 야근을 했지만 단 한 차례도 야근수당을 정산받은 적이 없었던 것, 야근수당은커녕 저녁값도 한 번 받은 적이 없었던 것…. 당장 머릿속에 떠오르는 이유들만 해도 너무 많아 정리가 잘 되지 않았다. 결국 나는 내가 이곳을 떠나려는 이유에 대해, 최대한 굵고 짧게 말하기로 했다.

"힘들어서요."

그러자 소장은 기다렸다는 듯 구구절절 말을 늘어놓기 시작했다.

"나는 네가 군말 없이 제 할 일 잘 하길래 괜찮은 줄만 알았지. 그 전에 내색이라도 했으면 나도 일 그렇게 안 시켰을 거 아냐. 일이 많으면 나한테 도와달라고 하지 그랬어. 내가 도와줬을 텐데…. 아휴. 이렇게 갑자기 그만두겠다고 하면 어떡하니? 아니면, 시간을 좀 줄 테니까 한 일주일만 쉬고 다시 와서 일을 해보는 건 어때?"

맙소사! 퇴근하려는 상사에게 "저 일 많으니 퇴근하지 마시고 일 좀 나눠서 하시죠?"라고 말할 수 있는 부하 직원이 과연 몇이나 될까? 지금 소장은 그저, 내가 회사를 그만두려는 이유가 기공소의 열악한 업무 환경이나 상황에 있는 게 아니라 '지민채, 너 자신'에게 있음을 강조하고 싶은 모양이다. 말을 하면 할수록 이곳을 떠나야겠다는 나의 생각은 더욱 굳건해졌다.

"죄송합니다. 제 생각엔 변함이 없네요. 일주일 쉰다고 생각이 달라질 것 같지 않아요. 그냥 그만 두겠습니다."

단호한 말투 때문이었을까. 소장은 더 이상 아무 말도 하지 않았다.

그렇게 나는 퇴사 통보일로부터 한 달 후, 2년간 몸 담아 일했던 직장을 그만두게 되었다. 물론 퇴사 당일까지도 야근을 했다. 그래도 속은 홀가분했다.

기공소 건물에서 빠져나오자마자 가장 먼저 한 것은 아침 기상용 핸드폰 알람을 삭제한 거였다. 아, 이제 당분간은 알람 소리에 놀라듯 잠에서 깨어, 힘겹게 몸을 일으키지 않아도 된다니! 뛸 듯이 기뻤다.

이후엔 그토록 꿈꿨던 소소한 일상을 즐겼다. 가족들과 오손도손 저녁밥을 먹고, 가끔은 그동안 못 만났던 친구들도 만났다.

그렇게 나는, 퇴사 후 몇 개월 동안, 속된 말로 꿀을 빨았다. 일을 하지 않으니 생겨난 '여유'라는 꿀은 벌집을 통째로 집어삼키는 것보다 달콤했다.

물론 그동안 속 편한 날만 있었던 건 아니다. 이따금, 잘 쉬고 있던 나를 불편하게 만드는 존재들도 있었다.

거리를 걸어도

버스를 타도...

♫♪♩♪♫
OO 치과는 신사역
2번 출구 앞에 있습니다.

벗어날 수 없는 치아의 늪

쓸데없이 기억력은 좋아서…. 치과기공과 관련된 무언가만 보고 들으면, 꼭 힘들게 일했던 지난날들이 생생하게 떠올랐다. 정말이지 치과의 치읓 자만 들어도 치가 떨리고 마음이 불편했다. 아, 이런 건 직업병이 아니라 '퇴직병'이라고 칭해야 하나.

하지만, 백수로 사는 동안 정말 나를 힘들게 했던 건 따로 있었다. 그 녀석은 퇴사 후 1년이 되어갈 무렵부터 정체를 드러내며 내 삶을 갉아먹기 시작했다.

통장아
다이어트 좀 그만해

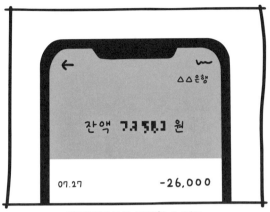

창피해서 차마 공개할 수 없음

정녕, 완벽한 인생을 살기란 불가능한 걸까. 자고로 사람 일이란, 하나를 해결하면 꼭 다른 하나에서 문제가 터지는 법. 백수라는 천직을 갖게 되니 통장이 급속도로 다이어트를 시작했다. 나는 날이 갈수록 줄어드는 통장 잔고를 볼 때마다 점점 불안해졌다.

나의 소비패턴은 너무도 뻔한데, 왜 이렇게 자꾸만 돈이 새는 걸까. 이렇게 물으면 누군가는 말할지 모른다.

"미래는 생각도 안 하고 '욜로(YOLO)[1] 라이프'를 외치며, 오늘만 보고 사니까 돈이 없지!"

무슨 소리? 오늘만 보고 산다니? 나는 그 누구보다 내일에 대한 안정을 도모하며 살아온 사람이란 말이다! 내가 왜 전문직을 택했던가? 안정적인 돈벌이를 위해서였다. 벼락부자가 되기 보단 나이 들어서까지 편안하게 살자는 것이 내 인생의 모토였다. 만약 내가 욜로를 외치는 사람이었다면, 적어도 통장 잔액 앞자리가 바뀌

---

1 '인생은 한 번뿐이다'를 뜻하는 You Only Live Once의 앞 글자를 딴 용어. 미래 또는 남을 위해 희생하지 않고 현재의 행복을 위해 소비하는 라이프스타일

었다고 이렇게 불안해 하진 않았을 거다.

나는 내 또래 다른 사람들에 비하면 그리 큰 소비를 하는 편이 아니다. 자랑은 아니지만 나는 남들처럼 큰돈 들여 해외로 배낭여행을 가 본 적도 없고, 고가의 명품백 하나 사본 적도 없다. 퇴사를 하고 쉬면서도 돈을 더 아껴 쓰면 아껴 썼지, 함부로 쓰진 않았다. 이는 모두, 불확실한 미래에 대비하기 위해서였다. 즉, 욜로(YOLO)는 나와는 하등 상관 없는 라이프스타일이라는 거다.

하지만 이내, 출금 이력을 살펴보니 돈이 새어나가는 구멍을 발견할 수 있었다. 학자금이며 각종 적금, 핸드폰 요금, 보험비 등…. 고정 지출이 그 원인이었다. 즉, 내가 아무것도 안 하고 그저 숨만 쉬어도 나가는 돈이 한 달에 수십만 원에 달했던 것이다.

돈이 있으면 시간이 없고, 시간이 있으면 돈이 없다더니, 내가 딱 그 꼴이었다. 아무리 백수가 천직이라 한들, 나는 백수 생활도 돈이 있어야 영위할 수 있다는 것을 깨달았다.

그래
배운 게 도둑질이지

아사 직전인 통장을 다시 살찌워야만 했다. 이왕이면 적당히가 아니라 아주 포동포동하게 살을 찌우고 싶었다. 돈을 벌어야 했다. 그리고 돈을 벌려면 일을 해야만 했다. 그러나 한가지 문제가 있었다.

곧 죽어도 기공 일만큼은 하기 싫었다. 세상에 안 힘든 일이 어디 있겠느냐마는, 어지간해야지 말이다. 또다시, 최소한의 것도 보장되지 않는 그곳에서, 쉼 없는 삶을 살며, 아무도 알아주지 않는 외로운 싸움을 하고 싶진 않았다.

나는 곧장 다른 일을 알아보기 시작했다. 하지만 전공마저도 치기공인 내가 할 수 있는 일은 거의 없었다. 다른 무언가를 하기 위해선, 또 다른 무언가를 배워야만 했다.

그러던 중, 우연히 내일배움카드라는 것에 대해 알게 되었다. 내일배움카드란, 직업 훈련에 드는 비용을 고용노동부에서 지원해주는 제도였다. 돈은 없고, 새로운 걸 배우고는 싶은 나에게 큰 도움이 될 것 같았다.

나는 무작정 고용노동부로 찾아갔다. 내일배움카드 상담부서는 17층에 자리하고 있었다. 엘리베이터를 탔을 때, 나는 가볍게 심호흡을 했다. 조용한 분위기에서 누군가와 인생 상담을 해야 된다는 사실에 조금은 긴장이 되었다.

그러나 엘리베이터 문이 열리자마자, 모든 긴장이 사라지고 말았다. 내일배움카드 상담 부서는 시장통처럼 바글바글했다. 정말 다양한 사람들이 있었다. 내 또래 젊은이들은 물론이거니와, 부모님 연세쯤 되어보이는 아저씨 아주머니들, 아이를 데리고 온 젊은 엄마, 이제 갓 스무 살쯤 되어 보이는 어린 친구들까지…. 모두 상담원들과 열심히 대화를 나누고 있었다. 모두 나처럼 새로운 일자리를 찾기 위해 온 사람들인 걸까. 문득 궁금해 하던 찰나, 내 차례가 되었다.

1차 당황

헤어나올 수 없는 '아, 그 치과에서 일하시는 분'의 늪

직업에 관해서라면 그 누구보다 많이 아실 것 같은 고용노동부 직원분도 기공사가 무슨 일을 하는지 잘 모르셨다. 노동부에서도 기공사의 존재를 잘 몰라주는데, 과연 그 누가 기공사를 보호해줄 수 있을까 싶었다. 잠시 현실 자각 타임이 왔지만, 나는 내가 여기에 온 목적에 다시 집중했다.

노동부 직원분은 제법 많은 것을 물으셨다. 왜 일을 새로 구하려는 건지, 무엇이 하고 싶은지, 무엇을 잘 하는지, 성격은 어떤지 등등⋯. 그리고 여러 가지 질문과 대답이 오간 뒤, 그분은 참으로 뜻밖의 말씀을 하셨다.

"그래도 기공 일을 다시 해보시는 건 어때요?"

당황하지 않을 수 없었다. 이곳에 와서 여태 나의 새출발에 대해 상담을 했는데, 끝내 돌아온 얘기가 이거라니. 내가 아무런 대답도 못 하고 있자, 직원분은 말을 이어가셨다.

"새로운 일을 하게 되면, 새로 적응하는 것도 문제지만, 페이 면에서도 다시 시작인 거거든요. 지금 당장 돈이 급하신 것 같은데, 학원을 다니시면 수강 기간 몇 개월 동안은 또 수입이 없게 되는 거잖아요."

너무도 현실적이어서 반박할 수 없는 조언이었다. 틀린 말이 하나도 없었다. 지금 당장, 그리고 앞으로의 나에게 필요한 건, 잔인하게도 자기계발이 아니라 돈이었으니까.

마음만 앞서 다른 일을 해보겠다는 다짐은 순식간에 사그라들었다. 나는 결국 인정했다. 내가 갈 수 있는 곳은 기공소뿐이라는 것을. 배운 게 도둑질뿐인데, 그 도둑질이 하필 기공이라는 것을.

그래. 내겐 국가면허가 있었다. 아무리 책상 밑이나 장롱 속에 쑤셔 박아 놓아도 절대 썩지 않는 국가면허가. 전문직의 장점은 이거 하나일지 모른다. 언제든 다시 돌아갈 수 있다는 것. 막말로 기공 일은, 마음만 먹으면 당장 내일부터라도 출근해서 돈을 벌 수 있게 해주는 지름길이었다.

누군가는 말했다. 때로는 앞으로 나아가는 것보다 뒤로 물러서는 것이 답일 때가 있다고. 생계유지라는 숙제가 주어진 나에게 가장 필요한 것은, 새로운 도전이나 이상 실현을 위한 꿈꾸기가 아니었다. 그저 한 발짝 물러나, 다시 뒤를 돌아 달려갈 줄 아는 용기, 그 뿐이었다.

PART 4.

다시, 치과기공사로 살기

이게 면접이라고?

내가 처한 현실과 타협한 나는, 결국 기공 분야의 일자리를 알아보기 시작했다.

기공사 채용정보는 잡코리아, 워크넷, 사람인 같은 일반적인 구인·구직 사이트에 올라오지 않는다. 기공사들은 그들만이 사용하는 커뮤니티에서만 구인·구직 글을 공유한다.(기공사는 여기서도 아웃사이더란 기분이 드는 건 왜일까.)

나는 수년 전 첫 취업 준비 이후, 한 번도 접속하지 않았던 기공사 채용 커뮤니티에 들어가 보았다. 제법 여러 곳에서 기공사를 구하고 있었다. 채용정보를 올린 기공소들은 이름도, 위치도 모두 달랐다. 하지만 그들이 올린 채용정보는 복사+붙여넣기라도 한 듯 똑같았다. 모두 'OO파트 모집, 경력자 우대' 딱 이 두 줄 뿐이었다.

기공사와 일반 회사는 이렇게 채용정보도 눈에 띄게 다르다. 일반 회사의 채용정보를 보면 특정 학력, 관련 학과 우대, 경력 O년 이상, 토익 점수, 각종 자격증 보유자 우대, 영어회화 가능자 우대 등 회사가 원하는 인재상이 줄줄이 쓰여있다. 그러나 기공소의 경우, 채용정보를 아주 심플하게 올린다. 어떤 파트를 모집하는지,

신입인지 경력자인지, 딱 그 정도다. 부가적인 요구조건은 없다.

　한참 스크롤을 내리며 채용정보들을 살피던 중, 눈에 띄는 공고를 발견했다. 무엇보다 위치가 가장 마음에 들었다. 우리 집과 꽤 가까운 거리에 있는 기공소였다. 여기서 일하면 예전에 일했을 때보다 아침에 20분은 더 늦게 일어나도 되겠단 생각이 들었다. 나는 무작정 그곳으로 전화를 걸었다.

끝.

통화가 연결된 지 1분 만에 면접 약속이 잡혔다. 부디 놀라지 마시길. 이게 바로 기공사의 면접 세계다. 서류심사? 그런 거 없다.

기공사는 면접 시에 이력서를 제출한다. 서류심사와 면접을 한 큐에 해결하는 셈이다. 이력서에 작성해야 할 내용도 아주 심플하다. 기본 인적사항과 출신 학교, 경력자라면 그 전에 어느 기공소에서 일했는지 적어놓은 정도. 그게 다라고 할 수 있다. 기공사 면허야 기본으로 가지고 있다는 전제하에 면접을 보기 때문에 면허 정보는 따로 작성하지 않는다. 물론 자기소개서도 필요 없다.

다른 사람들은 이력서에 자신이 가진 갖가지 스펙을 쓰는 걸로 알고 있다. 토익 점수, 토플 점수, 각종 자격증 유무 등…. 하지만 기공사에게 최고의 스펙은 남들보다 꼼꼼하고 꼼꼼하고 꼼꼼하고 또 꼼꼼한 성격과 눈보다 빠른 손, 그뿐이다.

면접을 보러 가는 길은 그닥 떨리지 않았다. 사람은 입고 있는 옷에 따라 태도나 마음가짐이 달라진다는 말을 들은 적이 있는데, 혹시 지금 내 옷차림이 면접 보러 가는 사람이 가져야 할 최소한의 긴장감마저 앗아 가는 건 아닐까 싶었다.

〈일반 회사원 면접 의상〉

정장
핸드백
구두

〈지금 나의 면접 의상〉

남방
에코백
청바지
운동화

면접 의상이라고 하면 대개 깔끔하고 단정해 보이는 정장을 떠올릴 것이다. 그러나 그것은 일반적인 회사들의 이야기일 뿐. 기공사는 면접 의상에 별다른 제한이 없다. 그냥 상식적으로 깔끔해 보이는 수준이기만 하면 된다. 그래서 운동복 매니아인 내가 오늘 면접을 위해 모처럼 입은 것이 체크남방과 청바지인 것이다.(나름 신경 쓴 거라고 어필 중.)

나는 버스에서 내린 후 주소를 확인하며 걸었다. 번쩍한 건물들이 늘어선 빌딩숲을 지나 먹자골목에 다다랐을 때, 발걸음을 멈춰 세웠다. 외벽에 붙은 벽돌 몇 개가 떨어진 4층짜리 허름한 건물, 1층에 위치한 족발집, 그 위로는 간판이 없었다. 그러나 위잉- 하는 기계음이 밖까지 들리는 걸 보니, 번지수를 잘 찾은 듯했다.

기공소에 들어가자마자 소장과의 일대일 면접이 시작됐다. 즉석에서 나의 이력서를 쭉 살펴본 소장은 본격적으로 이것저것 묻기 시작했다. 질문이라고 해봤자 심플하다. 기공소는 일반 기업들처럼 나에게 포부나

소신이 있는지를 확인하지 않는다. 자신을 어필해보라고 요구하는 일도 없다. 그게 무슨 면접이냐 할 수 있겠지만, 그런 군더더기 없이 딱 일과 관련된 얘기만 주고받을 수 있다는 점이야말로 전문직 면접의 가장 큰 장점이 아닐까 싶다.

몇 가지 질의응답 뒤, 나는 월급 협상까지 마치게 되었다. 그리고 곧장 다음 주부터 출근하기로 했다.

마음이 편해졌다. 곧 죽어도 기공 일만큼은 절대 다시 하지 않겠다 다짐했던 과거가 무색해질 정도로. 살아가기보다 살아내야 하는 현실에서, 적어도 먹고 살 걱정은 덜었기 때문인 걸까. 이제 통장 다이어트를 하지 않아도 된다는 생각에 홀가분하기까지 했다.

그렇게, 나는, 다시, 치과기공사로 살게 되었다.

이래 봬도
제법 중요한 일을 합니다

역시 사람은 적응의 동물이라 했던가. 1년 만에 다시 시작한 일이었지만 나는 빠르게 새 직장에 적응했다. 물론 첫날엔 좀 버벅거리기도 했다. 하지만 며칠이 지나자, 언제는 쉬기라도 했냐는 듯, 내 몸과 내 손이 저절로 움직여졌다. 쉬는 동안 머릿속에선 기공에 대한 미련을 다 떠나보냈다고 생각했었는데, 내 몸은 아니었나 보다. 마치 자전거 타기를 한번 익히면 몸이 영원히 그것을 기억하듯, 내 몸도 기공을 계속 기억하고 있던 걸까. 인정하고 싶지 않지만, 정녕 나는 뼛속까지 기공사였던 걸까?!

　　음. 아니다. 그렇다고 말하기엔, 양심에 가책이 느껴진다. 사실 나에겐 직업적인 사명감이 전혀 없었다. 다시 새로 일을 시작했다고 해서, 새 마음가짐으로 열심히 일해야겠다는 각오가 생긴 것도 아니었다. 나는 그저 규칙적인 수입이 필요했을 뿐이었다. 다시 일을 시작한 뒤로도 나는 월급날만 손꼽아 기다리며 살았다. 그만큼 이 일은, 내 인생에 있어 '필요'한 것이지, '중요'한 것은 아니라고 생각해왔다.

그러나, 나에겐 그저 돈벌이 수단이라고 생각했던 이 일이, 어쩌면 다른 누군가의 삶을 좌우할 만큼 제법 중요한 일일지도 모른다는 생각을 들게 한 사건이 있었다.

그 날은 평소보다 유독 일이 많은 날이었다. 한참 바쁘게 일을 하던 중, 김언니가 나를 불렀다.

"민채야. 이거 급하게 들어왔다고 사무장님이 너 갖다 주라셔."

"엥? 이게 뭔데요?"

"임플란트 커스텀 어버트먼트랑 임시 치아인데, 내일 아침까지 무조건 해달라고 하네."

입이 떡 벌어졌다. 그걸 다 오늘 안에 해달라니….

임플란트 커스텀 어버트먼트란, 사이즈가 정해진 기성 제품을 사용하는 것이 아니라 환자의 구강 상태에 맞게 직접 설계 후 가공하는 어버트먼트를 말한다. 마치 몸에 딱 맞는 나만의 맞춤 정장이나 신발을 제작하듯 말이다.

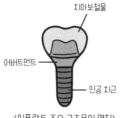

치아보철물

어버트먼트

인공 치근

〈임플란트 주요 구조물의 명칭〉

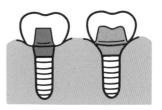

〈기성 어버트먼트와 커스텀 어버트먼트〉

〈임플란트 제작 과정〉

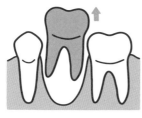

1.수명이 다한 치아를 뽑아낸다.

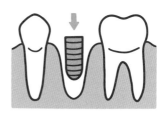

2.발치된 부위가 회복되면
인공 치근을 심어준다.

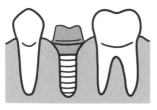

3.그 위에 어버트먼트를 체결한다.

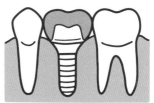

4.치아 보철물을 만들어 장착해준다.

기성 제품을 쓰는 것과 달리 직접 설계를 하고 다듬는 과정이 추가되기 때문에, 이 보철물을 의뢰할 경우엔 치과에서도 제작 기간을 넉넉히 주는 편이다.

그런데, 이걸 당장 내일까지 해달라니…. 말도 안 되는 스케줄이었다. 안 그래도 다른 일거리들이 밀려 있는 와중에, 당장 내일까지 이 일을 해내기는 어려울 것 같았다. 나는 일정 조율을 위해 치과에 전화를 걸었다.

"안녕하세요. 여기 OO기공소인데요. 다름이 아니라 김말순(가명) 환자분 거, 제작 기간이 너무 짧게 되어 있어서요. 며칠만 더 주시면 안 돼요?"

"아, 김말순 할머님이요. 기간이 너무 짧죠. 죄송해요. 그런데, 할머께서 지금 이가 없어서 밥도 제대로 못 드시고 계신가 봐요. 꼭 빨리해 줄 수 없냐고 부탁을 하셔서 그런데, 어떻게 안 될까요? 바쁘신 거 아는데 너무 죄송해요."

순간, 나도 모르게 "아."하는 탄식을 내뱉었다. 원래는 일정을 미뤄달라고 부탁할 심산으로 전화를 한 거였는데…. 나는 잠시 고민에 빠졌다. 책상 위에 쌓여있는 일거리들이 눈에 밟혔다. 만약 마감 날짜를 조율하지 못한다면, 오늘은 무조건 야근 각이었다.

하지만 선뜻 "못 하겠다"는 말이 나오지 않았다. 생면부지인 어르신의 모습이 자꾸만 상상돼서였다. 지금, 식사도 제대로 못 하고 계실 할머니는 얼마나 큰 불편함을 호소하고 계실까…. 영 마음이 좋지 않았다.

잠시 고민했던 나는 결국, 야근을 선택했다. 치과엔 내일 오전까지 완성된 보철물을 꼭 보내겠다는 약속을 한 뒤 전화를 끊었다. 그리고 그 어느 때보다 집중하며 일을 해내기 시작했다. 일을 하는 내내 할머니의 사연이 머릿속에서 떠나질 않았다. 오늘은 밥을 못 먹고 일을 하는 한이 있더라도, 이 할머니의 보철물만큼은 꼭 해드리고 말겠다는 굳은 다짐까지 했다.

원래 해야 했던 일들과 더불어, 할머니의 보철물까지 제작하고 나니 밤 아홉 시가 되어 있었다. 녹초가 되어 늘어져 있던 나는 조금 전 완성한 김말순 할머니의 임플란트와 임시 치아를 내려다보았다. 설핏 미소가 지어졌다. 이 보철물을 끼고 맛있게 식사를 하실 할머니의 모습을 상상하니 기분이 좋았다.

그러다 문득, 책상에 쌓여있는 다른 보철물들을 바라보았다. 모두 오늘 내가 제작한 것들이었다. 가만히 그것들을 보고 있으니 평소와는 달리 새삼 묘한 기분이 들었다. 보람이라고 해야 할지, 뿌듯함이라고 해야 할지…. 무어라 정의 내리기도 어려울 만큼, 이전엔 한 번도 가져본 적 없던 기분이었다. 그리고 생각이 깊어졌다.

나에겐 그저 일거리라고 생각했던 이 작은 보철물들이, 어쩌면 누군가에겐 삶의 질을 좌우할 만큼 중요한 것은 아니었을까. 그저 잘 먹고 잘 살려고 이 일을 하는 것뿐이라고만 생각했는데, 그렇게 해온 나의 일이 누군가에겐 큰 도움이 되고 있었던 건 아닐까. 나 따위는 그저 우주 먼지에 불과한 인간이라고 생각했는데, 어쩌면 나도 이 사회에 아주 작게나마 보탬이 되고 있었던 건 아닐까….

나는 난생 처음, 나 역시도 누군가처럼 사회의 '일원'으로 살아가고 있다는 생각을 해 보았다. 그리고 앞으로 일하다 힘든 순간이 찾아오면, 반드시 오늘 가져 보았던 이 기분과 이 느낌, 이 생각들을 다시금 기억해내리라 다짐했다.

그 날은, 족발집 위, 간판도 없는 기공소에서, 명함도 없이 일해온 내가, 처음으로 이 사회에서 '소속감'이라는 걸 가져본 잊지 못할 순간이었다.

전문직도

학생들도

회사원들도

집에서 아이를 돌보는 부모님들도….

어쩌면 우린 모두
제법 중요한 일을 하고 있을지 모릅니다.

운동복이 아니라 출근룩인데요

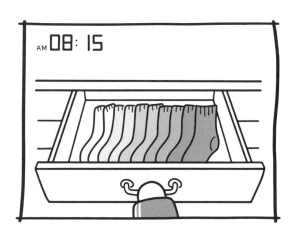

AM 08:15

AM 08:20 출근 준비 끝

트레이닝복

에코백

무채색 양말

나름 출근룩. 동네 편의점 가는 거 아님.

나의 출근 준비 시간은 20분을 채 넘기지 않는다. 출근할 땐 화장도 잘 하지 않고 옷에도 그다지 신경을 쓰지 않기 때문이다. 그래도 일하러 가는데 트레이닝복은 너무한 거 아니냐고? 천만의 말씀. 자고로 기공소로 출근할 땐 이런 복장이 최고다. 그 이유엔 여러 가지가 있다. 우선 기공사는 사람을 상대로 하는 직업이 아니기 때문이다. 외부인을 만날 일도 거의 없다. 하지만 내가 편한 복장을 선호하는 가장 큰 이유는, 일을 하다 보면 옷이 금방 더러워져서다.

물론 나도 처음엔 출근룩에 제법 신경을 썼었다. 남들처럼 제대로 된 오피스룩을 갖춰 입는 건 아니어도 최대한 깔끔하고 단정한 차림으로 출근길을 나섰다. 그러나, 그렇게 옷에 신경 쓰고 나갔을 때 내게 돌아온 건 감당 안 되는 세탁비뿐이었다.

보철물을 깎고, 갈고, 다듬는 작업을 하다 보면 하얀 가루가 마구 날린다. 그 가루의 입자가 얼마나 곱고 미세한지, 옷에 붙으면 아무리 세탁을 해도 지워지질 않는다. 그 덕분에 나는 허옇게 변해버린 몇 벌의 옷을 그냥 버려야만 했었다.

상황이 그러하다 보니, 내가 출근룩으로 선택하는 옷에는 다음과 같은 조건이 붙기 시작했다. 첫째, 작업할 때 편할 것. 둘째, 더러워져도 세탁이 쉬울 것. 셋째, 버려도 아깝지 않을 것.

이렇게 상·하의로는 내 개성을 표현할 길이 없어지고 나니, 나는 윗도리나 바지가 아닌 다른 곳에 신경을 쓰기 시작했다. 바로 양말. 옷을 마음대로 입지 못한 후로는 양말이라도 예쁜 걸 신자는 마음이 들었다. 때문에, 언젠가부터 나는 마치 양말 컬렉터라도 된 듯 예쁜 양말만 보면 그냥 지나치지 못했다. 내 서랍장은 언제나 알록달록한 양말로 가득했다.

나는 양말로라도 패션 포인트를 주기 위해 무진 애를 썼다. 사무실에선 앞뒤가 뚫린 슬리퍼로 갈아 신으니 예쁜 양말을 신으면 내 두 발은 더욱 돋보였다. 그래서 양말에 더욱 신경을 썼던 것 같다.

자, 이 글을 읽으신다면 뭔가 앞뒤가 안 맞는 거 아니냐는 생각을 하실지 모른다. 앞서 네 컷의 그림을 보신 분들은 '지금' 내 서랍이 온통 무채색 양말로 가득하다는 것으로 알고 계실 테니까. 맞다. 색색의 양말을 사 모았던 건 그저 옛날이야기일 뿐이다. 지금 내 서랍엔, 누가 빨래를 돌릴 때 모르고 표백제를 넣은 거 아닌가 싶을 정도로 밋밋한 색의 양말만 빼곡하다. 내 양말들이 이렇게 물갈이가 된 데는 슬픈 사연이 하나 있다.

　그날, 내가 선택한 건 가장 아꼈던 와인색 양말이었다. 그날은 기공소가 평소와는 달리 조금 한가로웠다. 나를 포함한 몇몇 기공사들은 이때를 틈타 각자가 다루는 기계들을 점검하고 청소했다. 문제는, 내가 사용하는 지르코니아 블록 가공 기계를 청소할 때 발생했다. 나는 기계 내부에 쌓인 하얀 가루들을 청소용 솔로 이리저리 털어내고 있었다. 그때, 힘 조절을 잘못해 손에 쥐고 있던 청소용 솔을 떨어트리고 말았다. 바로 내 발 위로…. 내가 아껴왔던 와인색 양말이 순식간에 하얀 가루로 뒤덮였다. 나는 곧장 주저앉아 묻은 가루를 털어내

보았다. 하지만 허연 자국은 지워지지 않았다. 퇴근 후, 집에 도착한 나는 옷도 갈아입지 않고 양말 세탁에 힘을 써 보았다. 무척 아끼던 양말이었기에, 어떻게든 양말의 색을 복구시키고 싶었다. 하지만 소용없었다. 하얀 가루의 입자가 얼마나 고운지, 빨고 또 빨아도 곰팡이 같은 자국이 그대로 남아 있었다. 그렇게 결국, 나는 내가 가장 아꼈던 와인색 양말을 버려야만 했다.

그 뒤로는 줄곧 밋밋한 색의 양말만 사들였다. 베이지색, 아이보리색, 흰색, 회색 등…. 하얀 가루가 묻어도 티가 나지 않는 색깔들로 말이다. 그렇게 새로 사들인 양말들 덕분에, 지금의 무채색 양말 서랍장이 탄생하게 된 것이다.

하얀 가루 때문에 당한 수모는 거기서 그치지 않았다. 옷이나 양말, 신발이야 가루가 묻으면 티가 나지 않는 것으로 입고 신으면 된다지만, 문제는 손이었다. 퇴근 전, 내 손을 보면 만신창이가 따로 없을 정도다. 언제나 내 손은 온통 흰 가루로 뒤덮여 있다. 그런데 이 가루가 어찌나 끈질긴 녀석인지, 일반적인 손 씻기 방법으로는 절대 털어낼 수가 없다. 그래서 나는 매일, 수술을 준비하는 의사들처럼 세정제를 묻힌 솔로 손을 씻는다. 거친 솔을 사용해 손끝을 박박 문질러 닦는 게 일상이 되다 보니, 내 손은 다른 사람에 비해 많이 거친 편이다.

그렇게, 이러저러한 이유로 나의 출근룩은 트레이닝복과 무채색 양말, 닳은 운동화가 되어버린 것이다. 전혀 직장인 같지 않은 복장으로 출근을 하다 보니, 종종 오해 아닌 오해가 생기기도 한다. 퇴근길, 편의점에 들러 맥주 한 캔이라도 사려 하면, 점원은 알쏭달쏭한 눈초리로 나를 훑어본다. 그리고 꼭 신분증 검사를 한다. 나이 서른 넘어 신분증 검사라니. 내가 냉동인간 수준의 동안이라 그런가 싶어 흐뭇해하다가도, 내 옷차림새를 보면 현실을 자각하곤 한다. '아, 그냥 내가 이렇게 하고 다녀서 오해하는 거구나….'하고 말이다.

내 출근룩이 이렇다 보니, 언젠가부터 나는 절대 옷차림새만 보고 사람을 판단하지 않게 되었다. 사람이 꼭 번듯한 정장을 차려입고 비싼 가방을 들어야만 밥벌이하는 건 아니지 않은가? 막말로, 옷이 뭐가 중요할까. 똑같이 먹고 사는 처지인데.

　어떤 옷을 입고 있건 간에, 우린 각자의 영역에서 각자의 역할을 잘 해내고 있는 사회인이라는 것을, 모두가 알아주었으면 좋겠다.

잘 먹고 잘 살고 싶다는 것
그 순수한 열망

끼익.

녹색 버스 한 대가 정류장 앞에 섰다. 나는 두 주먹을 불끈 쥐었다. 그리고 크게 심호흡을 했다. 출근 버스를 타기 전엔 각오가 필요한 법이다. 곧 이 버스는 지옥 버스가 될 테니까.

아니나 다를까, 내가 버스에 오르자마자 뒤에서 사람들이 물밀 듯이 들어왔다. 종이 인간이나 다름없는 나는 힘없이 앞으로 앞으로 밀려 들어갔다. 내 의지와는 상관없이 말이다. 버스는 내부를 빈틈없이 사람들로 꽉 채우고 나서야 출발했다. 버스가 흔들릴 때마다 나는 사람들에 이리 치이고 저리 치였다.

하. 출근 시간, 이렇게 압사 직전의 상태로 버스에 서 있으면, 정말이지 온갖 생각이 다 든다. '출근길이지만 벌써 퇴근하고 싶다. 그냥 내려서 다음 거 타고 지각해 버릴까…' 그런 생각들.

어린 시절, 나는 내가 이런 지옥버스를 타고 출퇴근을 하게 되리라고는 상상도 하지 못했다. 이렇게 사람들 틈에 끼여 이리저리 흔들리는 인생 계획은 플랜B,

플랜C에도 없었단 말이다. 내가 상상했던 나의 미래는
결코 지금의 이런 모습이 아니었다.

어릴 적, 내가 생각했던 나의 미래

내 집

내 차

높은 지위

하지만, 이게 현실...

하여간, 그놈의 드라마가 문제다. 어릴 땐, 30대 초반에도 높은 직책을 맡고 멋있게 살아가는 드라마 속 주인공들을 보며, 자연스레 내 미래도 저럴 것이라 꿈꿨던 것 같다.

30대가 되면 내 명의로 된 집 한 채 정도는 가지고 있을 줄 알았다. 출근할 땐 멋진 차를 운전하게 될 줄 알았다. 회사에서는 적어도 팀장 정도는 되어, 어려운 일도 척척 해내는 멋진 사람이 되어 있을 줄 알았다. 그러나 현실은…?

우선, 출근길엔 지옥버스 아니면 지옥철 신세였다. 운전면허는 신분증 용도로만 쓰일 뿐, 일명 장롱면허가 된 지 오래다. 더구나 억소리 나는 집값에 내 명의의 집은 꿈도 못 꿀 노릇이다. 지금의 난, 이젠 '우리 집'이라고 말하기도 양심에 가책이 느껴지는 '엄마 집'에 얹혀 사는 수준이니까. 그리고 회사에선…. 팀장? 어려운 일도 척척 해내는 멋진 사람? 어림없는 소리. 이 바닥에서 일한 게 벌써 몇 년인데, 여전히 입에 "죄송합니다"를 달고 살기 바쁘다.

덕분에 나는 언젠가부터 지극히 현실적인 인간이 되었다. 근사한 내 집, 내 차에 대한 욕망은 사라진 지 오래다. 그럼에도 불구하고 내가 이렇게 꾸역꾸역 지옥 버스에 올라 출근을 하는 이유는 단 하나, 먹고 살기 위해서다.

잘 먹고 잘 살고 싶다는 것. 아, 이 얼마나 순수한 열망인가? 나에겐 더 높은 사람이 되려는 열정도, 이 일로 무언가를 이뤄보겠다는 뜻도 없다. 하지만 먹고 사는 문제로 남에게 폐만 끼치지 말자는 생각은 늘 하고 산다. 이런 내 삶이 박수받을 만큼 훌륭한 인생이 아니라는 것쯤은 안다. 하지만, 최소한의 삶을 영위하기 위해서 만큼은 스스로 노력하고 있다는 것, 그래도 이거 하나면, 박수는 아니더라도 응원 정도는 받을 수 있는 인생쯤은 되지 않을까?

그저 잘 먹고 잘 살기 위해, 나는 오늘도 출근을 하고 '열일'을 한다. 그리고 나 스스로, 그런 내 인생을 진심으로 응원하련다.

에필로그 - 작가의 말

처음, 책 출간제안을 받았을 땐 선뜻 "해보겠다"는 대답이 나오지 않았다. 평소 책 읽기와 그림 그리기를 좋아하긴 했지만, 내가 직접 글을 쓰고 책을 만들 날이 올 거라고는 감히 단 한 번도 상상해본 적이 없었으니까. 게다가 직업이 작가도 아닌 내가 책 한 권 분량의 글을 쓰고 그림을 그린다는 건 너무나 부담스러운 일이었다.

바로 제안을 받아들이지 못하고 한참을 망설이던 내가 책을 써보겠다 다짐했던 건, 출판사 관계자분의 이 말 때문이었다.

"전업 작가가 아니면 어때요? 저는 유려하고 논리적인 글보다, 자기만의 색깔이 있고 또 진심이 묻어나 있는 글이 좋아요. 저는 저마다의 이야기가 있고, 글을 좋아하는 사람이라면 누구나 책을 낼 수 있는 세상이 됐으면 좋겠어요. 독서 인구가 줄고 있다고 하지만, 읽을 이야기가 다양하고 많아지면 그만큼 읽을 사람도 다양해지고 많아질 거라고 믿거든요. 너무 아날로그적인 생각인가요? (웃음)"

특별할 것 없이 다분히 일상적인 나의 이야기도 책이 될 수 있다는 말은, 나에게 큰 응원으로 다가왔다.

출간 계약을 한 뒤로는 시간이 나는 대로 글을 썼다. 주말엔 카페 구석에 앉아 쓰기도 하고, 어느 날은 침대에 누워 핸드폰으로 쓰기도 했다.(핸드폰으로 한 꼭지의 글을 쓴 날은 엄지손가락이 남아나질 않았다는 슬픈 전설) 치과기공사로 살아온 날들을 돌아보며 글을 쓰는 시간은, 자아 성찰의 시간이 되기도 했다. 참 뜻깊은 날들이었다.

그.러.나.

내가 언제까지 감성에 젖어, 자아 성찰만 하고 있을 수 있겠는가?

나는 다시, 먹자골목에 위치한 족발집 위, 간판도 없는 기공소로 출근을 해야만 한다. 나의 의식주 문제를 해결하고 삶을 영위하기 위해서 말이다.("저도 먹고 살아야죠"라는 말을 최대한 멋있게 포장하는 중)

하지만 책의 막바지에 썼듯, 그저 먹고 살기 바쁠지 몰라도, 우린 모두 제법 중요한 일을 하고 있을지 모른다. 누군가의 삶을 좌우할 만큼 말이다. 왜냐하면, 우린 모두 이 사회의 일원이니까. 나 역시도 이 사실을 잊지 않고 앞으로를 살아가려 한다.

끝으로, 이 책을 읽어주신 독자분들께 진심으로 감사 인사를 드리고 싶다. 아울러 나와 '함께' 이 세상을 살아가는 모든 분들이 행복했으면 좋겠다.

부록.

**치과기공사가 들려주는
치아 보철물 이야기**

보철물 관리, 어떻게 해야 할까요?

가장 기본적인 것은 칫솔질 거르지 않기 및 주기적인 스케일링, 검진입니다. 너무 필수적인 것들이죠.

그리고 보철물을 하신 분들은 통아몬드 같은 딱딱한 음식을 먹을 때 주의하셔야 해요. 딱딱한 음식을 세게 씹으면 압력이 강하게 작용해 보철물이 손상될 수 있습니다.

독자분들 중엔, 지르코니아 크라운을 하신 분들도 계실 텐데요. 지르코니아 크라운은 지르코늄이라는 소재로 만든 보철물입니다. 이는 일반 자연 치아보다 강도가 셉니다. 때문에, 지르코니아 크라운을 씌웠는데 이갈이를 하시는 경우, 크라운과 자연치아가 세게 맞물려 오히려 자연치아가 손상될 가능성도 있어요. 혹시, 지르코니아 보철물을 하셨는데 이갈이를 하는 습관이 있다면, 수면 시 마우스피스같은 장치를 사용할 것을 권합니다.

치과기공사는
치아보험에 가입하기 힘들다고요?

보험업계는 치과 종사자들이 진료기록을 조작할 가능성이 있다고 보는 것 같습니다. 치과기공사의 거래처는 치과입니다. 때문에, 보험사에선 기공사가 보험금 사기를 노리고 치과와 연계할 수 있다는 가능성을 염두에 두는 것 같아요. 진료 내역을 사기로 조작해 짜고 칠 수도 있다는 거죠. (하지만 저는 선량한 시민입니다. 믿어주세요, 보험사님. 흑흑)

보철물에도 트랜드가 있다고요?

트랜드나 유행이라기 보단, 재료의 발전으로 인한 신소재 보철물의 수요 확대라고 볼 수 있습니다. 예를 들면 교정기 같은 경우에도, 과거에는 브라켓, 와이어 모두 메탈로 되어 있었죠. 이는 심미적인 부분에서 그다지 좋은 소재는 아니었습니다. 하지만 점점 재료가 좋아지면서, 편의성은 물론 심미성까지 뛰어난 교정장치들이 생겨났죠. 요즘은 많은 분들이 치아색과 비슷한 브라켓을 선택하거나(주의: 치아색이어도 카레 같은 음식엔 쉽게 물들 수 있음), 설측교정 혹은 투명교정을 주로 하십니다.

교정기뿐만 아니라 모든 보철물 재료들이 점점 심미적으로 우수한 것들로 바뀌고 있습니다. 때문에 크라운을 씌우거나 라미네이트를 붙여도 예전보다 훨씬 자연스럽고, 보철물인 티가 나지 않죠. 재료가 발전하다 보니, 환자분들도 자연스레 여러모로 좋은 재료를 선택하시게 되는 것 같습니다.

교정은 평생 해야 하는 거라고요?

교정장치를 끼고 생활하는 것 자체는 2-3년이면 끝납니다. 하지만 관리는 평생 해야합니다. 왜냐하면, 치아는 원래 자리로 돌아가려는 성질이 있거든요. 그걸 방지하기 위해, 교정이 끝난 후에도 치아 뒷면에 반영구적인 와이어 보정장치를 붙이고 생활하거나, 잘 때마다 장치를 착용해야 하죠. 이는 평생 해야 하는 것입니다.

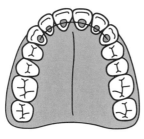 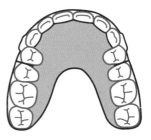

고정성 보정장치
(반영구 장치)

가철성 보정장치
(직접 탈착이 가능한 유지장치)

우리나라의 보철물 제작 수준
어느 정도인가요?

항간에 떠도는 얘기가 있습니다. 해외에 거주하던 분이 이가 아파서 현지 치과에 갔다고 합니다. 그런데 갑자기 자신을 둘러싸고 의사들과 위생사들이 수군대기 시작했대요. 그들의 이야기를 자세히 들어보니, 이런 대화가 오고갔다고 합니다.

"이거 봐라. 이것이 한국의 보철물이다. 얼마나 정교한지 보이느냐? 너희는 지금, 한국의 엄청난 보철물 제작 기술을 보고 있는 거다. 이건 너희 평생 다신 못 볼지도 모르는 보철물이다."

보철물을 이렇게 꼼꼼하고, 자연스럽고, 심미적으로 우수하게 만드는 것도 우리나라 보철물 제작 기술이 뛰어나다는 것을 보여주지만, 무엇보다 보철물을 이렇게 빨리 만드는 나라는 대한민국밖에 없습니다.

불법 시술(일명 야매) 해도 될까요?

단도직입적으로 말씀드리면 절대 안 됩니다. 불법 시술을 받은 뒤 혹여나 부작용이 생겼을 때, 보상을 받을 수도 없어요. 무엇보다 위생적으로 좋지 않습니다. 소독된 기구를 쓰는 것도 아니거니와, 세척에 그리 신경 쓰지 않을 수 있거든요. 위생적으로 문제가 있는 도구를 사용하면 나중에 염증이 생기는 등 큰 문제를 초래할 수 있어요.

보통 불법 시술을 받는 가장 큰 이유는 비용 때문인데요. 몇몇 도시에서는 취약계층에 틀니, 임플란트 등 시술비를 지원하기도 합니다. 이런 도움을 받아서라도 치과에서 제대로 된 진료를 받으시길 바랍니다.

명함도 없이
일합니다

2021년 07월 27일 초판 1쇄 발행
2021년 08월 30일 초판 2쇄 발행

지은이   지민채
발행인   정가영
펴낸곳   마누스
FAX   0504-064-7414
이메일   manus2020@naver.com(편집/원고 투고)
블로그   blog.naver.com/manus2020
인스타그램 manus_book

ISBN   979-11-971579-0-5 (03810)
ⓒ 지민채, 2021

폰트 저작권자 표기